U0146198

鎮痛

宋尚緯

宋尚緯，一九八九年生，東華大學華文文學所創作組碩士，創世紀詩社同仁，著有詩集《輪迴手札》、《共生》（啟明，二〇一六）及《鎮痛》（啟明，二〇一六）。

——我常常將詩當做禱詞來寫，將看見的所有哀傷都一一刻在裡面，希望一切都會朝著更好的方向前進，但也常因此感受到自己的無能為力，於是一切都只能成為令自己也令他人沉默的句子。我在每一首詩中都輕輕地攤平自己，用力地將自己劃開，再仔細地將自己湊齊，也希望每一首詩都能給予和我有類似經驗的人一點安慰。

服下詩，還痛嗎？

還痛嗎？

記得兩年前，你來到縱谷裡，專題討論時總是嘴角漾著笑，頭低低的，拿著一落鋼筆，不停在紙上寫著與劃著，是個心裡有著傷痛的孩子嗎？選擇寫詩，是決定和世界保持一段距離嗎？我猜想是的。

讀了你大學時期修辭精美，思想流動的作品，我還能帶給你什麼？我陷入一種迷惑。如果你把所有的情感埋藏在文明的隱喻之後，繁複的象徵妥切地把原初的喜悅與哀愁通通疊藏起來，詩人要帶給世界的除了美好或惆悵，還有什麼？

先不要長篇累牘地辯論，我們一起花一年的時間，閱讀一些經典的詩，那些以疼痛開始，以惶惑、悲憫或超越告終的作品。首先我想起費德里科．加西亞．洛爾伽（Federico Garcia Lorca, 1898-1936），一個能夠鎔鑄民謠到詩行中，把憤怒藉由文字傳播久遠的詩人。不知道你讀過這個故事嗎？在一九三六年元旦時，洛爾伽收到一張從鄉村寄來的賀年卡，上面寫道：「作為真正的人民詩人，你，比他人更善於將所有痛苦，將人們承受的巨大悲劇及生活中的不義，一一注入你那深刻與美好的戲劇中。」來自庶民的肯定，這絕對是比任何文學獎更好的肯定吧。

我們一起讀洛爾伽，一起思索楊牧的〈禁忌的遊戲〉系列，如何在充滿禁忌的年代，把台灣的苦楝種在安達盧西亞的平野上，見證著獨裁者謀殺詩人，抒發著台灣詩人心中憤怒與企求改革的心志。而我擔心你未必有興趣，承接前一代人曾經有的絕望、憂慮與煩悶，或許就從一個吉普賽小男孩身上，看看詩人的觀察力與憐憫。〈啞孩子〉中，洛爾伽寫出一個無法説話的孩子，他的語言與話語落在蟋蟀之王的手裡，總在一滴水裡尋找自己的聲音，詩人說：

我喜歡他的聲音並非為了說話
我用它打造一枚戒指
以便將我的沉默
戴在他小小的指頭。

孩子在一滴水裡
尋覓自己的聲音。
（那被俘的聲音，在遠方
身穿蟋蟀的衣裳。）

那個瘖啞的孩子是時代恐懼的象徵吧？可是我卻想像在你少年時，早熟而憂鬱，胖胖的身軀背著顯得略小的書包，頭低低地踩著鳳凰木樹葉羽毛般落下的影子，沿著學校圍牆去上學，總是要忍受一群調皮的同學用譏諷的笑聲攻擊你：「大塊呆，豆乾來炒韭菜，燒燒一碗來呀，冷冷阮不愛！哈哈，冷冷阮不愛，來呀……來呀……」你頭更低著，咬著嘴唇，忍著眼淚，沈默著。那是「霸凌」兩個字還沒有浮上人們嘴邊的年代，沒有老師知道你痛到骨髓裡的苦，那些惡俗的孩子也不知道你之所以不說話，是因為你的話語寄存在一個遙遠的國度，在那裡，你將會以詩來鎮痛。

還記得我選了巴勃羅・聶魯達（Pablo Neruda, 1904-1973）請你讀，認真的你蒐集了聶魯達的生平與代表作品，熱情地在好幾個夜裡，和我們分享。在眾多耽美的詩行中，聶魯達得知好友洛爾伽遇難時的悼亡詩最讓我們激動：

> 假如我能在一間孤寂的房裡因恐懼而哭泣，
> 假如我能挖出自己的眼珠並且吞進肚子裡，
> 我會為你那服喪的橙樹般的聲音大聲哭泣，
> 我會為你吶喊而寫出的詩歌挖眼並吞進肚裡。

我沒有見過如此呼痛的方式，你知道嗎？洛爾伽訪問阿根廷時與聶魯達會面過，聶魯達當時是智利派駐布宜諾賽勒斯的領事，兩人一見如故，來自鄉村的生活氣息，廣博的閱讀與壯遊經驗，使兩人惺惺相惜。洛爾伽欣賞聶魯達的詩，既好奇他的新作題材，當聶魯達朗誦時，洛爾伽又以雙手捂住耳朵，搖頭叫喊：「停！停下來！夠了，別再多念了——你會影響我！」兩個文學巨匠的情誼之深難以量測，而創作者的孤寂，也往往在短暫的相逢與撞擊下，會轉為喜悅與激情吧！

還記得在民謠與抒情之外，我們還跨足到更追求內心與文明荒蕪的托馬斯・斯特恩斯・艾略特（Thomas Stearns Eliot, 1888-1965），我們都困頓於詩人刻意安置的艱難的意象。我直至二〇一五年讀了克勞福德（Robert Crawford）出版的《青年艾略特》（*Young Eliot: From St Louis to the Waste Land*），書中青年詩人並不是「人生勝利組」，他面對情場失意的挫敗，在學校更是善於惡作劇的搗蛋鬼，他不斷掙扎著應對種種窘迫與痛苦，及至成名後，詩人拒絕任何人為他作傳，銷毀與第一任妻子往來的信件，以致於他年少輕狂的失意，以及備受挫傷的內心世界，在在都是世人所無從知悉的。克勞福德解開了艾略特詩藝的秘密：「他將痛楚至極的種種恥辱，轉化成永恆的詩篇，也希望這個世界能夠慈悲待他，給予那些恥辱默默無聞的命運。」原來詩不僅僅頌讚美好，更是一帖藥方，讓我們在庸俗的人世間，面對文明複雜與多變的病症，以更具有包容性、暗示性、隱喻性的詩篇，療癒病症。

正在我們窩居在縱谷裡閱讀與書寫時，台灣的街頭湧現一波又一波的社會運動，你的臉書上也不斷貼出時事的評論，你開始感受到更多人的苦痛，也以機智、嘲諷甚至搞笑的方式，回應日漸膚淺的時代。這時候出現兩個你，開放各種日常生活與感受，分享線上遊戲的心得，與家人拌嘴的絮語，用語淺白、如矛與如槍的你；以詩和閱讀，探討疾病的隱喻，計畫以寓言展現當代人面對生理與心理疾病的困頓與瘋狂。就在這個時刻，小說家張翎來到了縱谷擔任駐校作家，有場演講，她的主題是「亂世中的隱忍與力量」，作為一個聽力治療師的小說家，病患的疼痛與失去語言能力的病態，成為她寫作的動力，和我們經常浮動情緒在現實瞬間生滅的社會爭議不同，她總能跨越多個苦難的時代，無論是《金山》、《餘震》或是《陣痛》，總能將寫出讓悲

一〇・一一

劇擊倒到塵土裡的女性，不就此認輸，她們以無比忍耐與韌性，展現出生命的力量。張翎提醒了詩人，感受歲月伏流中隱隱作痛的傷痕，來自戰火、災變、流離乃至傳統的連番撕裂與切割，如何止痛療傷，跳脫你習於自剖的風格，關注他人與世界，就成為一個新的課題。

就在一個學年的閱讀課程要結束前，你挑了愛爾蘭詩人威廉·巴特勒·葉慈（William Butler Yeats），既往返於他深刻的抒情，連篇的神話象徵，更著迷於他以民族精神為詩魂的執著，他誓將「愛爾蘭的冤錯化為甜美」，更有以詩篇為時代診療的大志向。在紛亂的台灣，葉慈的〈二度降臨〉彷彿暮鼓晨鐘，在崩落的時刻，世界再也沒有理性、中心、信念與秩序。葉慈如先知般說：「想當然是某種啟示即將到來了 想當然二度降臨，即將到來。」（楊牧譯）葉慈打動了你，我知道。

於是，你決定要放開手寫土地上人們共通的痛，寫他人的痛，也寫自身的痛。

於是，你要寫出肌膚上「汗黏瘡痏痛」的感受，要哀嘆讀書人「眼痛滅燈猶闇坐」的孤寂，更要寫出「人間痛傷別，此是長別處」的無助。

於是，你寫出一本詩集名曰：《鎮痛》。

服下詩後，還痛嗎？

須文蔚
國立東華大學華文文學系系主任

在缺口中寫詩

日本作家廚川白村說過：「文學是苦悶的象徵。」我認同此種說法，因大部分時間，我所寫出的作品都是因為各種傷心而成，無論是對於生死之間的憂傷，又或者是人與人之間互相傷害無有盡頭的哀傷，還是看見各種我們所珍視的事物被他人所踐踏、糟踐時所產生的隱隱然地鬱結，我的作品裡面大量處理了此種情緒，我所憂患、悲傷的是「我」與「人」之間的共同傷心。也許這些傷心並沒有辦法與所有人調齊頻率，但我仍是很在意於此——人與我之間的共同傷心，以及我們該如何處理這種逐漸瀰漫、佔據我們生活的情感。

文學作品有無數種可能，書寫者在生活中擷取自己想要的片段來延展，有人想做的是為社會不公義的事發聲，有些人將自己對於社會可能的想像都埋藏在作品之中，有些人做的則是細微地描寫命運的絕望、人性的悲傷。我想做的則是從自身情感的縫隙刺入、鑽探，並且尋找關於「痛感」的來源，也許那是一個沉默的缺口，又或許是一個被人所懼怕的隱喻。我相信人是有共同感受存在的，在一個大時代的環境脈絡下，也許我們的生活不盡相同，也或許感受悲傷與快樂的方式與事物不同，但我相信無論是何種傷心，都是有其共通性存在的。我想做的是一個緩慢的獵者，將那些冒出頭的傷痛一一獵捕。將這些片段的疼痛獵捕到之後，我才能將其書寫，並且達到最終的目的——療癒。

這些片段是有根源可循的，萬事萬物都不可能略過其過程直接長成現在的模樣，建築需要基底、作品需要建構，傷心一定也有其根源，可能來自於幼時一件對他人來說微不足道的小事，在心中抽芽、生長，直至纏繞人生。書寫是我的武器，文字是我的工具，我透過書寫建構的同時也在追朔情緒的根柢，世界上有太多關於悲傷、關於沉默的細節，我們該如何記述，如何去確認這些種種不同的原因所造成的類似傷心。

某方面來說，我覺得自己在做的是一個關於悲傷與沉默的圖鑑。將那些情緒處理好之後，我才知道該從哪裡下手，我能做的並不多，只有從自身出發才能夠向外推展到他人，而我也只有處理完自身的情緒，才能夠抽取出那個抽象的經驗，並通過書寫將他具象化，達到療癒自己也治癒他人的效果。在同時，我也不能忘記自己所有一切書寫，都隱隱地指向自己，照亮自身的缺口的同時，也照亮他人的缺口。只有這樣，我所有的文字才能夠達到我所希冀的效果。

——自癒，並且癒人。

如果書寫終是一種「暴露」，那我究竟想暴露出自身的哪一面給觀者閱讀？以前我偶爾這樣詢問自己，並且隱隱羨慕那些熟練、絢麗，甚至稱得上是華麗的文字，作者運用自己熟練的文字技巧，建構出屬於自己的世界，我希望自己成為那樣的人，後來才發現我們似乎有本質上的不同。我在意文字的美麗與形象，但並不一定要他們美麗；我在意文字與符號建構的城市之中的功能性，而略輕於華美與亮麗的氣息。文字對我來說是一種手段，像是藥物一般，只是治療的手段，而最後達到的效果才是目的。

然而我仍是選擇書寫。自己過去的書寫像是想將自己所擁有的傷痛一次挖空，然後急急地填塞，塞什麼都好，令自己有一種虛假的充實感。那些文字聚合隱隱指向的是太多且太沉重的生與死的辯證。我在那樣的生之中與自身的死亡抗衡，像是在大海中漂浮的受難者，不停掙扎，文字像是我抓到的浮木，希冀他帶著我飄向安全的岸，但一切來去都是不可抗力。直到我意識到這件事情已經是開始寫詩後的好一段時間之後了。其實這一切都是為了治療，然而我分不清楚我正在做的事情是手段還是目的，於是我陷入迷惘之

一六・一七

中，過去我靠本能寫詩，這些本能所創造出的世界，有人能夠捕捉到，但一切隱隱指向悲涼、虛無，最後只剩下空洞的世界——那是我自己。

過去我很害怕閱讀他人的作品，以為那會令自己受到他人的影響，似乎創作者都擁有類似的恐懼——被人談論時被稱為複製其他人的文字、經驗，甚至是被人視作其分身，那像是被人忽略了自身的主體，他人用他者的經驗來談論一個他者，覺得這樣可以更為精確地定位，或者窺探這個創作者，用能見到的文字、符號，逐漸地將創作者剝光，令其喪失防備。上研究所後由於老師們的指導，我開始閱讀其他人的作品，或者是西方詩人如威廉・巴特勒・葉慈（一八六五・六—一九三九・一）、巴勃羅・聶魯達（一九〇四・七—一九七三・九）、費德里戈・加西亞・洛爾卡（一八九八・六—一九三六・八），又或者是用中文寫作的詩人楊牧、葉維廉、王良和等的作品，我慢慢地了解到文字跟語言對詩人來說是工具，工具一定有長得相像的，那某一程度上代表了兩個寫作者之間的知識體系的靠近、文化脈絡上的詞彙庫相近，像是兩個同樣身材的人穿著相似的衣服，遠遠看像是同樣的人，但是靠近看，兩人的生命情境、注重的文化內涵，甚至是靈魂的核心都有很大的不同。

——那我的作品，到底是為了什麼而寫？

我可以寫出漂亮的文字，充滿隱喻，用陌生化來處理我的作品，留下足夠多的意義間隙，讓他長得像一首一般定義下的好詩那樣，有足夠的節制、足夠的意象，甚至是足夠的美學標準。但那樣就足夠了嗎？在就學的過程中，我寫作的速度不斷放慢，在書寫間我一直思考這件事情，只要寫出來就足夠了嗎？我究竟是為了什麼而書寫？我不斷問自己這件事情，我究竟希望我的書寫通向何處？

法蘭茲・卡夫卡（一八八三・七—一九二四・六）的作品《變形記》裡，主角一覺醒來變成一隻蟲子，並在作品中揭示了其時代中人與人內心中的異質，包括內心的隔閡、無情，以及親子間的衝突。結尾隱隱地表現出他自卑的情緒，以及自身對家人（或者他人）的無關緊要，這一切都在隱喻著自身的內心的陰影部分逐漸脹大，成為疾病。文學書寫或多或少都涉及到他人的疼痛這件事情，而蘇珊．桑塔格（一九九三．一—二〇〇四．十二）在其著作《疾病的隱喻》裡寫：「我的觀點是，疾病並非隱喻，而看待疾病最真誠的方式——同時也是患者對待疾病最健康的方式，是盡可能消除或抵制隱喻性思考。然而，要居住在由陰森恐怖的隱喻構成各種風景的疾病王國而不蒙受隱喻的偏見，幾乎是不可能的。我寫作此文，是為了揭示這些隱喻，並藉此擺脫這些隱喻。」在《疾病的隱喻》中蘇珊．桑塔格談論了許多疾病被人理解為心理的障礙，然而這些疾病都在時代的進步中逐漸被確診、被定形。而不管在彼時還是此時，「疾病不僅是受難的史詩，而且也是某種形式的自我超越的契機，這一點，得到了感傷文學的肯定，更令人信服地由浪漫文學及醫生作家提供的病案史所肯定。」這些直面疾病帶來的疼痛的疾病書寫，不僅超越他人所給予其的「隱喻」，更超越自身所含帶病痛隱喻所給予其的命運。

在印刻最近出版的大陸詩人余秀華（一九七六．三一）的詩集《搖搖晃晃的人間》裡，作者簡介裡有一段他的話：「我希望我寫出的詩歌只是余秀華的，而不是腦癱者余秀華，或者農民余秀華的。」翻閱起他的詩集，會發現裡面的文字都直面人生，並不特別描寫自身的病狀，也不特別書寫關於農民的生活，然而一切都隱隱指向他自身的疾病與內心的疼痛，像這樣子直面於眾，不保留一點與讀者之間的閃躲空間的文字，的確能將文字的力道十分用力地敲擊在讀者的內心。這些文字在讀者閱讀時重重地在其內心刻劃下痕跡，並且產生沉重的同情，或者是敬佩其韌性。

那我的文字究竟能帶給他人什麼，是一陣子看似相同的痛感，令他們感受到這世界上的確是有些人的疼痛與他們相似，之後除了思考上的、關於自身的存在與消失的辯證（並且是極為私我的思考）之外，我並沒有留下什麼給其他人。入學後有一段時間，將近半年的時間我將寫作停了下來，觀察自己過去的作品，並且觀看他人的作品，察覺到過去的自己的文字大多都停留在自己的身上，每一把利刃都指向自己，但是也僅僅只有如此；觀看其他詩人的作品，像前面所提到的威廉・巴特勒・葉慈、巴勃羅・聶魯達、費德里戈・加西亞・洛爾卡等人，就能發現他們的詩並不僅僅只指向自己，也嘗試將自己文字的觸角與外面的世界接觸。這些種種令我開始思考，也許自己的的文字可以往外延伸，在我自我療癒的過程中，也能夠幫助他人療癒。

詩人陳義芝於《二〇一四臺灣詩》的序，詩心是素養——一個詩選主編的觀省手記一文中道：「個人的記載、囉嗦的吐屬，要如何鍛鍊成詩？主題意義相近，為什麼有的具風神情韻，有的卻索然無味？露一手機巧、玩一點遊戲，是藝術表現的過程還是終極目的？」那我的詩究竟是想表現自己的機巧，還是想要實驗性的遊戲書寫，我所做的一切究竟是過程，還是終極目的？對我來說文字、詩是一個工具，我用此工具達成我關懷人、事、物的目的。但對我來說，藝術是為人而存在的，如果我所希望達成的藝術效果，裡面捨去了對他者的關懷、對外界的碰觸，那我所構築出的藝術世界，最後只是一座脆弱的沙堡，追朔到最後，是沒有「人」在那邊的。

我並不是想揚棄其他類型的詩，這個時代大家都說要包容多元，尊重多元，但是在談論中卻會隱隱貶抑其他的價值觀點，我覺得這很艱難，在書寫的過程裡我盡量避免這件事情，但有時候仍不免踩到界線。我覺得每一種詩都只是寫作者選擇要如何面對世界、詮釋世界的態度。上研究所後我最大的轉變就是關注到自己寫作這一部分的面向。我現在的作品與過去的作品也有所差別，語言上我捨棄掉過於沉重的一部分，對象上也從自己推展到他人，然而關於思想上的核心，仍是深植在我作品之中，我所有的作品都不是獨立出現的，而是經過不斷地發展、變種，甚至是接枝，而後長成現在的模樣。

於是，即使自身的一切有再多不堪也只能寫了。即使有再多糾結也只能寫了。即使有再多的沉默也要寫。即使有再多的傷心也要寫。即使有再多的傷

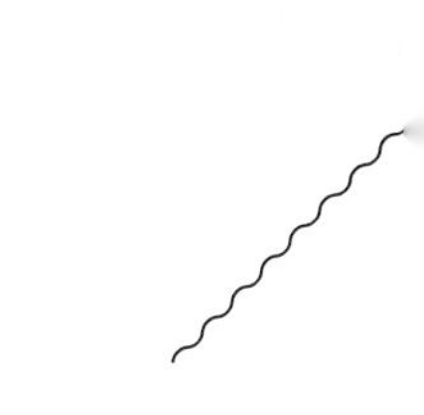

害也必須要寫。唯有繼續寫下去、不停地寫下去，我才能夠透過我的作品去連結更多人，給予更多擁有類似傷害、相似傷心的人力量與安慰；唯有繼續寫下去，我才能夠點起一盞又一盞的燈火，照亮自身的缺口，同時也照亮他人的傷心。文字並不僅僅是許多人詬病的、走向虛無的一種菁英的遊戲，而是真有其力量存在，是人內心與內心的交流。即使閱讀有其門檻，但在這個時代、這個狀況下我也只能做到這些微薄的事情了。

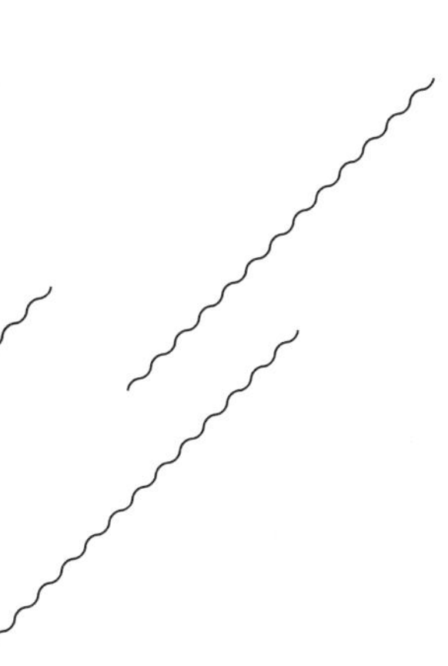

鎮

痛

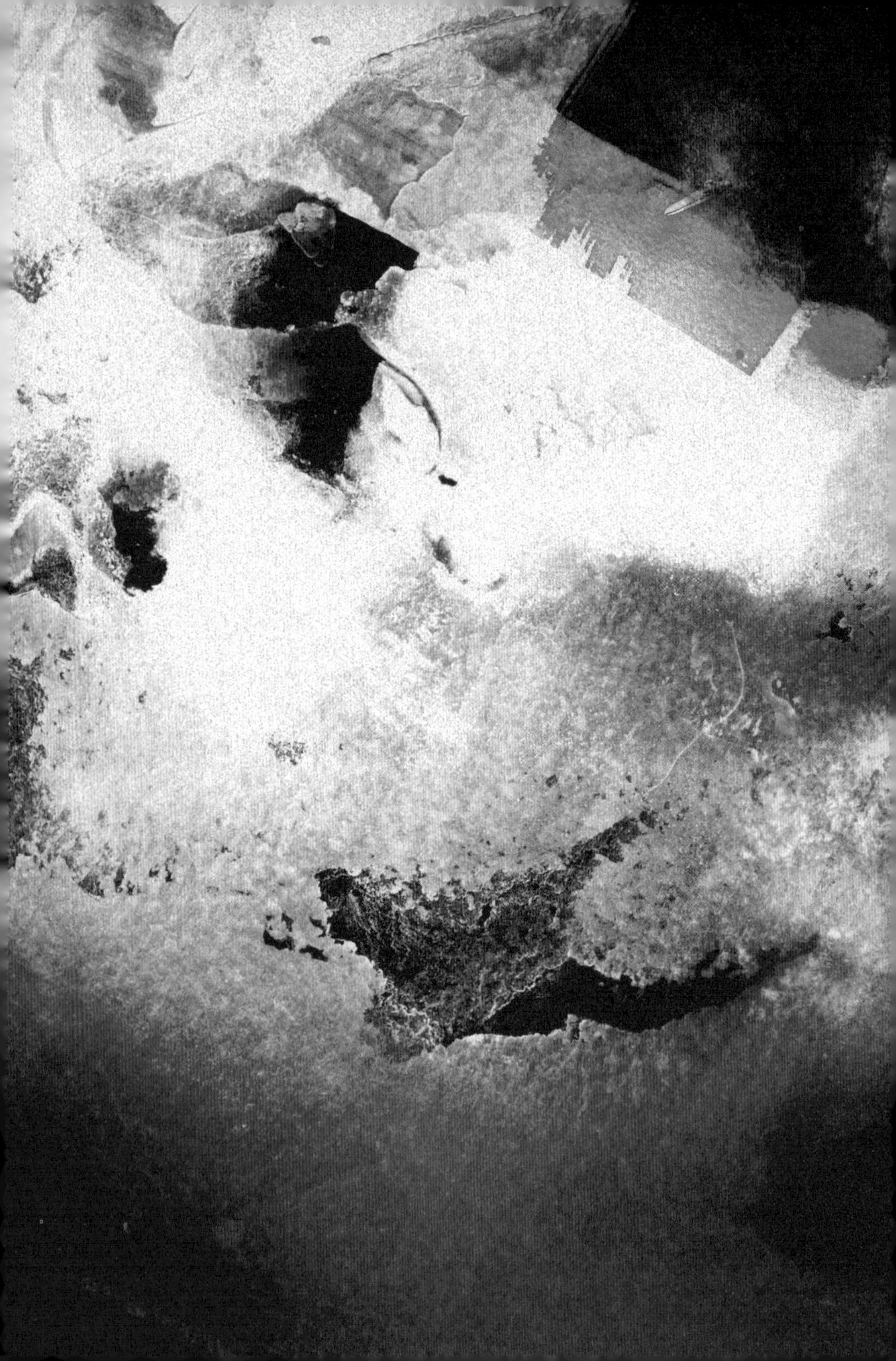

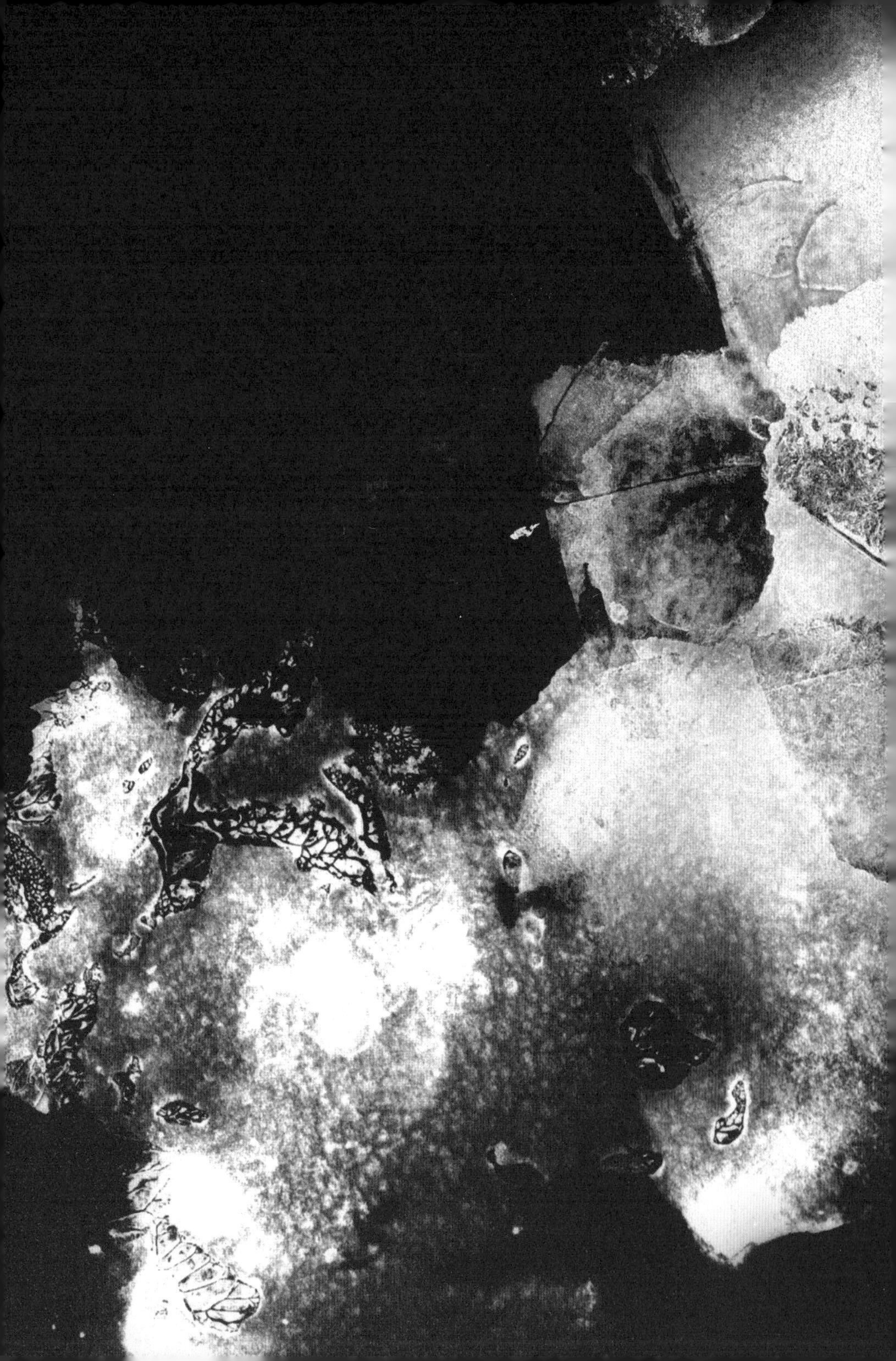

當我

吞下

疼痛

生活

二〇一三年一月五日

你藏匿太多隱喻
在大雪後的第一道陽光裡
我輕輕撕開清晨的縫隙
向你借一些影子
縫在我的身上
等到月色將我掩埋
我才敢將它們一一剝除

我卸除影子後才醒悟
這段路太長太遠
途中經歷死亡數次
（以假亂真依然是假）
復活的次數比死去更多
有人詢問我關於執著的禮節
我默默地回頭看我棄置的影子
漸漸地融進土壤裡

你伸手撫摸我的疤痕
卻不相信它的存在
向我探尋歡愉的山脈
我說那是，遙遠
且充滿虛無的詞彙
我相信那離你太遠
你觸及我敏感的城
我逐漸學會若無其事的痛著
並了解所有他人的疼痛
都是海市蜃樓。
我默默地將這些幻象
縫進自己的肋骨裡
等待下一次復活再取出
再慢慢埋沒

吞下疼痛的聲音

二〇一二年十一月七日

我吞下疼痛的聲音
他就在我的身體內燒灼
誰又在遠方呼喊
哪個多情夜晚的岸
你在岸上擺渡誰
到遠方充滿歌唱的島

將痛熬煮成字的模樣
浮沉的姿態像愛
骨與血滾沸成因緣的鎖鏈
曾走過身邊的善男子
誰真正成就誰的善果
是否誰都曾像新生的果實一般
閃耀著喜悅的光

聽自己流浪的聲音
開一瓶新釀的酒
聊一些先於事實的話題
談論無關於我們的事
假裝那些是切身的
每一個人都承擔一段詰問
如果我們再也不懂得沉默
不懂得如何詢問傷痛
誰又把過多的業障縫合
在我們夜晚緘默的靈魂裡

如果我吞下疼痛的聲音
像你
我過多的渴求是否會因抑鬱而死亡
我問你
是否你們跟我一樣
會疼痛會哭泣也會死亡
甚至會若無其事的爬起身來
蒐集剩餘的陽光填補
縫合所製造的縫隙裡

告別

也許再也離不開了
這已是最後一班列車
駛離的都是過往
擦出的火星
點燃每一個路口
肆虐我沒有選擇的路

我像散亂在遠方的碎石
沒有計劃
卻擅長要求補票
一生在這列車上浮沉
以為迅速通過
就可以不再見到
那些惱人
卻又莫可奈何的傷痕

沒有回返的路線
識得的名姓都背著我離去
我無動於衷
以為離得夠遠便能遺忘
別再提起
淋濕我的每一場雨
那讓他們名姓的每一筆畫
都膨脹得令我感到擁擠
連自己的名字都無法承受

二〇一三年八月二十八日

風暴在前方
沒有一個月台可以安心停駐
我仍望著遠方
看誰將粗糙的修辭
當作玉石反覆摩娑
將拙劣的謊言視作流火
探問他們真實的溫度
若我睡了
也別叫醒我
讓我這樣睡到過站
就可以逃過傷心

我再也離不開了
這已是最後一班列車
上面載滿我的歷史
所有名字都寫在我的心上
即便列車發出銳利高音
自我胸中駛離
我也會記得所有乾燥的音節
假裝一切都還來得及

排除

二〇一三年十月十四日

發現自己越來越薄
彷彿能夠透光
就這樣逐漸透明
有差嗎
對於這個世界
試著偷走火種點燃厄運
你除去愛的冠冕
對愛人眨眼
偷吃屋外的土壤
藏到更深的地方

像是線
要穿過針孔的命運
以為自己足夠堅強
卻成為分岔的路
有人問你從哪兒來
卻盯著要去的路
遺忘身世
衣物的傳統與恨
無刺的荊棘

故事只是故事
你模擬海邊的碎石
即使海水不斷擊打
你仍然緩緩下潛
到最深最遠
沒有海的地方
只為了吞下悲傷時
看不見我的淚珠

洞穴

二〇一三年十一月十三日

你不懂我面對的沉默
緘默的，無聲的恐懼
追趕我
使我成為深邃的洞穴
只能凝望森林

森林的風總是迂迴
所有微弱的天光都充滿縫隙
你冷眼從縫隙中看我
我卻看見惡獸的語言

你不懂洞穴是如何形成的
靜謐的陰影追趕我
使我充滿黑暗與未知
成為它的一員
才發現自己的不堪

暴君

身體是冷冷的
空無一人的首都
將自己都倒給他人
剩下多少的夢
是留給自己的

午後的氣溫宜人
一種浪漫在遠方滋長
像病痛的溫床
我們沉默的敘事都仍在流浪
你說沒有多少的語言
可供我們繼續揮霍了

但我們本就不是善良的草木
而是自己與他人的暴君

二〇一四年二月七日

先走的人

二〇一四年二月十一日

我們都是陷入沉默的人
微小、脆弱
看不見自己所散發的火光
在叢林裡被視為獵物
林邊有風吹過
所有溫柔的指涉都在藤蔓中纏繞
你是需要愛的人
只是不懂如何愛人與
被愛，這太過困難
生活指南裡沒有任何一項是
關於愛的條目，我們
晨起而作日落而息
學會的永遠都是傷人的技巧
以為這樣對自己好
回過神來才發現自己的殘破

我們，啊是的我們
都太需要被給予卻不斷收回
以為儲蓄就是致富的關鍵
收到多少就擁有多少
吝於給予卻不會妥善運用
自己收到的每一束光
窗外的苦楝樹仍佇立在光年之外
每一根枝枒都在顫抖
萬物都是沉默的子民
雨雲從遠方降下雷

沒有誰的氣候是晴朗的
我們都以為自己給的足夠多
足夠他人與我們一樣
卻總在雨天收傘令彼此都濕透
以為和對方一同經歷雨季
就是善意

風起於遠方的山谷
谷底的傳聞將火光拉得好長
我們都害怕深處的影子
但其實我們是同樣沉默的人

替自己留下最後的刀
謊言留給林外的風
你留下傷害他人的語言
將自己交給世界
決定將這一切都留給另一個結局
但這從來就不是你能決定的
也不是我可以斷言的

最後的最後，你我
都沒能逃離這場寓言
全都成為先走一步的人

換骨

二〇一四年三月二十九日

我慢慢地剪掉自己
每天都少掉一些，每天
都增生多於容器的稜角
如何剪裁我自己
才能更貼近那溫柔落下的雨
天氣預報太過強硬
今日他們在我的身上
找到了屬於我的時代
偷偷地扔掉
隱瞞我過多的枝節
發現更多誤解
在別的樹上結果

我慢慢地剪掉自己
每天都剪掉自己多出的刺
人們隨手拿起來毫不在意
我的花葉卻落下滿地
哪一天我能過來
換一個身體
是已經符合想像的
沒有多餘的葉脈
沒有堅硬的土壤
哪一天我可以落淚
為了我自己遇到的雨水
與每一把鋒利的剪刀

我怎能不難過

二〇一四年四月十二日

I

我怎能不難過
當風經過我們時
悄悄避開失眠的冬季
喚醒沉睡的眾人與曠野
遠方的聲響逐漸逼近
我們終究是容易死去的人
沒有誰能知道另一個人
究竟藏著甚麼花朵
能長出多高的樹

我們離開風的時候
帶走多少親密的訊息
荒蕪的野外爬滿荊棘的骨
要耗費多少時間
才能自在的脫下衣物
談論有關禁忌的修辭
而不被誤解為毫無羞恥

II

我怎能不難過，當你決意離去
將自己埋在荒蕪的沙地
我們在乾旱的雨季裡呆坐
每一道光線都如針一般
偶爾我們學會複誦同一個音節
同一個乾淨的字詞
卻不得不回到沙地
面對除我們之外每一個龜裂的人

當你被迫離去的時候
你的衣物都跟著一起離去
每一個物件的歷史
都有自己的回憶
每一個刻痕都有它的過去
只有你。離去前的你
將自己塗抹潔淨，再也不想
不想再帶著誰的刺傷害彼此

III

我怎能不難過，當你說
你說這一切都必將遺忘
一切都會風化只剩砂礫
你說這一切終究會好的
一切必定會漸漸好轉的
我們站在一片沙地上你這麼說著

IV

我怎能不難過，當我找到
一件善於阿諛的禮服
我欣喜地穿上便脫不下來
走過的路都在身上留下痕跡
它在我身上留下預言
我們必將離去
而它必將腐朽

V

我怎能不難過，你說
每一道風

VI

我怎能不難過，怎麼能
成為一個不輕易死去的人
都是情人的撫摸
而我們終究是容易失控的人
容易被他人貼上標籤
分派群體和語氣
在生活裡各居其所
卻不真能分配自己的居所
我怎能不難過，我們
終究是脆弱的人種，患得
患失，每一場風暴都有人離去
有人來，我們傾聽他人
卻永遠都在超譯他人

遺照

二〇一四年四月二十五日

你記得遺忘是本能
發聲是記得的練習
說出的話都成為謊言
掌心的紋路像字的筆順
延著敘事的小徑走出
就能看見自己
在前方學習如何沉默

如何沉默，聽山的故事
走入山林後才發現
還從未說過任何一字
每一棵樹都長得比想像中
要來得更翠綠一些
我們有小小的山谷在沉睡
在比想像中更近的地方
在你眼底，靜靜地睡著
你總看著遠方
遠方山谷中細細小小
冒出的山嵐，演化成細微的蟲
在每一個間隙之間
以為自己是多足的神

你以為自己是多足的神
離去時仍不忘要求他人
對你乾燥的芽孢進行考古
研判不具傳染性，也不像那些
那些多刺的莖葉蜷縮
忘了海，忘了水面下的國族
有多少預言要兌現
你學會語言後，每天説話
每天離山更遠一些
遠到再也不記得自己的來處

你和海有説不完的話
將山的故事羅列，即使
那並不是山的故事，你仍
談論得像是他説的一般
直到走得夠遠，細數步伐
才發現你説出的故事
比你還巨大，還像你自己
你看看山，看看海
在山與海之間死去
不知道自己死得像不像自己

山谷

有些事化作山谷，谷底傳出
告別的回聲，像曬乾的海
一層薄薄的鹽在風中
指引著回去的路途
每個人都有些迫不得已
即使心臟仍跳著，卻早已
不在我們涉事的心房
沒有人無關緊要，這至關重要

有些事只能成為有些
少了他們不行，但多了
也很困擾，像雨浸潤風乾的鹽
晴天後成為一片荒蕪的結晶
脆弱的咒語與虛無的結構
靜靜地在山谷裡
靜靜地成為回聲的一部份
像另一些事成為部分的我

如果我偶爾發出低迴的聲響
像受傷的獸不知向誰求助
會有人現身拯救我，還是
給我一把善良的刀，溫柔地
要我決定下一步是進還是退
如果我就是這麼壞，如果我
從沒有好過的我是不是不值得
是不是就再也飛不起來

二〇一四年五月二十四日

沒見過比我們更精細的人偶
需要零件與故事才能活動
化作山谷的都在等痊癒
好起來的都成為蝴蝶
山谷裡總有獸的哀鳴鹽的雨
走過便遺忘自己曾死的事實
聽見誰仍在山谷，以為自己
還活著，說開心的事

履歷表

如你所見，是個平凡的人
將時間化成火焰，放在身後
燃燒自己，令自己越來越短
越來越輕薄像風一樣
但並非是個風一般的男子
並不擁有風趣的言語，而且
是個比好人要來得好的壞人

我漸漸地相信，關於壞人
要比好人更能成為好人
像蒸氣是比水更純粹的水
成為好人要討好他人，壞人
還要討好自己。像是一條
崎嶇的山路沒有人行走卻會
緩慢地蔓生出路，充滿荊棘
沒有方向，鴻雁飛過
但我並非鴻雁，連捎書求救
都教我感到茫然

決定和昨天走不同的路
每束風走過地下道，都帶走些微
沉默的氧氣、驅趕地底的臣民
我在最底層，反覆敘述自身的音樂
有些節奏滯澀，有些關節
充滿鏽蝕的蟲與凝固的水
日常的虛無住在裡面
每個複眼都在凝視

二○一四年六月二十九日

我。期待晴天但總是想像
雨水打在路面上
被土壤吞嚥像淚珠，每一道
日光帶著憐憫填滿
每一道因傷而起的縫隙裡
我說不清慈悲擁抱的
是哪個受傷的誰在關注
每道視線都成就自己的神與自己
自己不願面對的魔鬼

而我終究不是個好人，也並非
風一般的男子有輕盈的話語
偶爾拿起自己的靈魂
高高舉起，卻輕輕放下像那些壞人
也許我骨髓中供奉著一位先祖
不飄逸也不出塵，沾滿紅塵
帶著煙灰而非香灰，不在意
吹過自己的風是否溫柔
當然更不在意他人身上的風
是否充滿慈悲，先祖的喜捨
是不委屈自己，不妥協
不讓自己充滿哀傷地
彎腰還安慰自己只是撿起
地上毫不起眼的細微塵土
這樣的我住滿了每個看似
充滿平凡、祥和且安穩的社會中

牙痛

對於看不見的
都裝作沒這回事像是
轉身離去
就再也不用對誰負責
在夜晚，也或許是白日
沒有誰注意因為沒人看見
像是月色走入迷霧
穿過不被遺忘的原野
抵達記憶的森林
我將蛀掉的牙取下
放進蛀掉的樹裡
像是這樣他就再也
再也不會被誰遺忘

我記起了過去曾有人
離開我像是我埋下的牙
一顆顆排列整齊
生長如多年的草本
沉默聆聽大氣的訊息
我們像是新生的孩子
對於可見的一切
有著超出太多的好奇
我寫了許多信
許多沒有地址的信
我知道結局是一片虛無
再多的思念畢竟也
只是空無的記憶與塵埃

二〇一四年七月十七日

跌落在窗沿，輕輕一撫
只有堆積的時間
如雪般靜謐地落下，落下
到最深最底的山谷

於是落下的都是記憶
人們活在裡面，翻閱的都是
美好的歷史幻象像森林
曾是森林現在也
只不過是荒蕪的沙漠
我想起了你轉身的模樣
你離開，不再對誰有所期待
不再需要提出意見
你再也看不見，那代表你

再也不需為此付出代價
裝作沒這回事因為你
再也看不見後續的發展
多年後我收到許多信
地址欄一片空白
每一封都寫著過往的虛無
結局畢竟不是沉默不語
這樣也好，這樣就好

打磨

二〇一四年九月五日

你已記不起
最後一次會面是何時
從窗沿捻起灰塵
似乎能見到他
經歷無數次美麗
像是星系綻放
孤寂的煙火落下
沉默。與死亡。你看著我
你真的愛過嗎。你問我
窗外吹起風
生滅於剎那間起落
我也被你彈落指尖

記不起的是時間
被遺忘的是水
你到我們荒蕪多年的草原
雜草蔓生，稍微吹一口氣
便揚起煙塵如夢
不知道什麼時候
自己已成為尖銳的物
記憶散落，你被傷痛擊中
必要的傷痕都穿透你
時間爬滿你
舔舐你流出的血
才想起多年前
也曾是圓潤的淚珠

荊棘在你腳下
沿途灑滿細碎的沙
你被故事充滿
卻缺乏細節
黑夜決定我們是星辰
在星系裏微小
自己的世界裡稱王
你走到盡頭。不發一語
將荊棘纏繞替自己加冕
回頭看了看自己
在來路流下淚來

你問我何時會流淚

二〇一四年十月二十六日

你問我何時會流淚
會傷心的看所有的光
像水一般慢慢流失
你說你知道自己
什麼時候會哭，會帶著
荒蕪的本質回到家中
像活在夢境裡，音樂都
離開你到很遠的地方
所有的光開始融化
只剩下自己與對方至於其他
都漸漸消失在遠方

如果你知道傷口在哪
你會遠離他嗎還是
更靠近他一些近到彼此
無法迴避無法逃離
甚至無法不正視對方
時間像水慢慢流去
你划向遠方，他划向你
你仍會在夜晚飄盪
仍會在破碎的故事裡前進嗎
如果這一切
都只在你背後發生你會痛嗎

你反覆記述
記憶的本質是遺忘
美的本質是醜陋
幸福的本質是災厄
在你的夢裡所有傷心都擁抱你
你問我流淚的本質
我答不出來
以為眼淚一樣不擅長說話

謊言

二〇一四年十二月十七日

你進入沉思
不行不能這樣一定要
告訴自己什麼是真的
什麼是假的像是氣泡
從水底浮出輕輕地破
輕輕地像是你的聲音
越來越遠越來越離開
消失、離散以及自己
再也不能存在再也不
讓自己成為隨便的人

沉思的模樣讓你
以為自己是樹
站在原地安靜
看著他人刻上一些字

不希望再被欺騙了
他這麼說
像刻下誓言

風吹過身體
搖晃如林中的葉
要了解死亡
像了解自己一般

這是存在的本質
例如痛
或是刨下的木屑
隨風飄散
遇火就燃
你以為這是謊言
精確的傳染
林外的風一直吹著
吹得你全身麻木
只能任其擺佈
讓雨水塑造你的形象

你在火裡問自己
問水。什麼會浮什麼
會沉，像掉進死海

沉到最深最底
以為自己是錨
穩妥地存在
卻逐漸消融崩解
像死亡的模樣
像熾熱的水
像你存在的鐵
像我死去的謊
你成住
我壞空
你也許了解死
也許也了解自己
但你只是不想
再被誰所欺騙而已

我變得不能想太遠的事情

二〇一五年四月十四日

我變得不能想太遠的事情
不能想那些讓雨落下的
層層疊疊緊密貼合著彼此的
令我憂慮的各種事項
想在身上貼滿紙條
上面寫滿備忘的記事，例如
無論多忙都要保持微笑
傷心也要記得微笑
憤怒也要記得微笑
我變得不能想太遠的事情
像是提及未來
就會令我傷心，令他人絕望

即使每天都過得離記憶很近
離傷心很遠
將自己填滿像是傀儡
自己前進、自己後退
自己記得自己要做些什麼
自己不記得自己要做什麼
自己以為自己一切都好
自己以為自己離壞很遠
離好很近，很近
近得我看不清它
究竟好在哪裡

我變得無法到太遠的地方
離得越遠，引力就越重
所有傷心指向我
以為自己快樂，但其實是離它遠了
以為自己傷心，但其實是看見它了
我變得無法歌唱
變得離詩很遠
變得離生活很遠
有些事情太近
就變得無法承受
我以為自己太遠
感覺卻太近
我變得無法想太遠的事
也無法過太近的生活

我變得離快樂很遠
離傷心也很遠，不像過去
離它們都那麼近
近得令彼此沉默
說出的話都只剩音節
像是默劇，比劃著手腳
傳達了情緒找不到意義
我離一切都比我想像得近
沒有遠的地方
沒有離我太遠的哀傷

說一些簡單的字

我學會更多的字
但我沉默
害怕說出太多
會掏空自己

我可以說一些簡單的字
像是愛，或者恨
討厭或者喜歡
但說恨的時候多過於愛
說討厭的時間多過喜歡

有的時候也是害怕
愛人問我喜歡什麼樣的衣服
我謹慎地說出每一個字
以為沒有什麼
是可以大意的

沉默的人說沉默的字
每一個字都像是謊
你說了更多
又或者更少

沒有什麼是確定的
愛也許令你羞於啟齒
但有一天你會明白
簡單的愛
才是最難說出的謊

二〇一五年五月十七日

命名

二〇一五年七月十七日

偶爾也是寂寞的
但我知道
一旦特有的孤獨
被你命名
就從此成為禁臠
你知道這些是
多麼難得，關於我
這些孤寂的標本
沒有特定的所指
也就只有混沌與那些
模糊的分野，所以
你為我起了個迷人的名字
你就成為我的權威

權威說是就是
不需要理由，也許只是
喊你的聲音略微急促
音調稍稍高了一絲
便任性地以為
那是專屬於你的聲音
你問我是否有
屬於自己的形狀
我回答你
人有無數可能
但我一直冰冷
像我的慾望
我的張狂
但我想你是不會懂的

因為你也從未想懂
只是俐落地為我取名
為我成為我自己
快樂地成為你自己

如果你知道

在絕望的夜晚
如果你知道
我的無助
以及我的憤怒
那你是否還能
擁抱我如擁抱自己
像抱住疼痛的荊棘
然而這些終究是
藏在心中
沒有出口

二〇一五年八月三日

我一直在想
要如何形容
自己，從歷史走過
卻不知道歷史的面貌
他躺下，平坦
如每天行走的道路
細看卻充滿坑洞
他的花蕊嬌豔
像是引誘誰去占有他
替他説話
甚至替他決定
他是誰。這樣子談起他
像是承認他沒有名字

但事實如此
他從不屬於自己
也從未真正屬於他人

如果你知道
我的恐懼，我的日常
我的耳裡住著毀滅的盛宴
每天我都在毀滅歷史
每天我都在歷史中死去
如果你知道
我睡覺要開音樂
讓音樂流動
讓自己流出音樂
讓自己成為音樂
但我沉默
像是怪物
睡覺不關燈
在夢裡也凝視光
因為害怕成為黑暗
如果你知道
你我同屬孤島
你會不會流下眼淚
將自己當做柴禾
一點一點地焚毀
但這是事實
後來也成為歷史
被他人當作自己的故事

如果你知道

你是否會和我一樣

選擇假裝溫柔的海洋

像是如此

就真能成為溫柔的洋流

帶誰走，或者讓誰留

我恐懼無法感覺美

二〇一五年八月三十一日

我時常驚惶
恐懼於無法感覺美
我一個人
走在叢林裡
不知道誰在身邊
說出的話
像蚊蚋又像雷
我會受傷、會流淚
像一條河流
沿著自己的血管
尋找自己疼痛的根源

我是那麼擔憂
卻又如此哀傷
像負傷的獸終日面臨死亡
流下的血都匯聚
成為音樂
那我是否就是音樂
我終日質疑
疑神疑鬼，不敢相信
有誰會輕撫我
填補我的缺口

知道自己是沉默的
平躺成為土壤
讓樹長在我的身上
讓我成為他的年輪
讓我成為時間
讓我變成音樂
偶爾以為自己是蘆葦
風經過我
讓我發出聲響
感覺自己又失去了什麼
我是一直失去的孩子
我惶恐像天色漸暗的蟲鳥
沿著山的稜線行走

我猶豫像鳥
站在枝頭上鳴唱
卻發現自己已經乾涸
像一條死掉的河
沒有語言可以陳述
也沒有水
可以滋養他人

我指著自己問
你還能失去什麼
生活讓我們變成
什麼都有
卻一無所有的傀儡
我流著血
受著傷
卻還是在生活、生活

我感受不到美
感覺不到活著
希望自己還能是音樂
還能走過時間
走過夜晚
走過黑暗
我還能失去什麼
我什麼都不能失去
什麼都不想失去
我起身成為風，經過蘆葦
聽到靜謐穿過我們的巨大聲響

我承認自己既快樂又誠實

二〇一五年九月二十四日

「書寫者最困難的地方在於你寫了一輩子，但你不知道自己是誰，你寫了一輩子卻沒有一句話被人記住。」——霍俊明。

我承認所有的孤單
都源自於快樂
承認所有的痛苦
都來自於誠實
若我承認自己既快樂又誠實
那我能承認自已既孤單
又痛苦像夜裡的沙漠一般嗎

我承認你的痛苦
承認鳥會被雪雕琢
承認雨會劃破傷口
承認你的認真
承認你活得卑微
承認自己活得小心
卻脆弱像是垂死的獸
不承認自己說謊
卻承認自己並不誠實

我知道做所有事情都應該認真
像是賦予一切靈魂
像是承認我有靈魂而你也有
我知道並且承認
一切最終都會走向虛無
我每天做一樣的事
吃飯，工作，書寫
偶爾反著做試圖找到新鮮感
書寫，工作，吃飯
我不記得任何事情，不記得
工作有出現紕漏嗎
我知道一切都該認真
卻不得不承認

認真寫了一輩子
卻不知道自己是誰
也沒有一句話被人記住
我只是盡力地承認快樂
承認魚在水裡
我也住在水裡
在你的哀傷裡學習呼吸
我說了無數的話
大多融解在空氣裡
我承認痛苦，承認麻木
承認自己因為記得太多
所以忘記太多

我做愛用力地做
我接吻用力地親
我寫字用力地寫
沒有人教過我該如何成為
一個溫柔的人

我也許背負太多的傷
你也許也是
我承認但你也必須承認
我們彼此的傷痕都與彼此無關
不要著急，像雨會找到雲
所有的痛苦會找到出口
你會找到你該走的路
只是我仍希望
這些沉默從此被人記得
即使我認真寫了一輩子
也有可能被人遺忘
我必須承認這些快樂
也必須承認這些誠實
因為他們全部都源自於愛
即使我既痛苦
又孤單如飛過雪山的雁輕輕地掠過水面

彼此的缺口

來歷

如果你從夜晚走來
試圖學習像窗外的雨一般
打溼我曝曬在外的衣裳
我是否該匆匆走回
我們尚未經過彼此的路途
還是就這樣讓彼此錯過

你從何來已經不重要了
我不再執著故事的來歷
也不再糾結細節的歸所

二〇一三年四月十八日

我稍稍摩挲衣料待他起毛球
便將我自己也抽離
像那些毛球蜷縮在我的懷裡一般

誰又在黑暗裡趕路
所有路途都標記著價格
我在誰的身體裡住過
留下什麼印痕在誰的生命裡

我其實太過無知
我問著燈枯滅的原因
他沒有説話，只是獨自閃爍
所有的關節都瀰漫著鐵鏽的味道
只是我渾然不知

那些情節都尚未攤開便擅自結束
有時候像一把溫柔的刀
慢慢離出我的眼淚
有時候我難過
不是執著於樹究竟結了什麼果子
而是樹上又多了幾道年輪

求佛

二〇一三年十月八日

你端正姿勢
學習聽自己的聲音
太多磨難的記憶隨你一起
折疊在小小的蒲團上
其實你不知道
該如何描述傷口的來歷
只能笨拙地校準音色
一次次地敲擊
期待自己發出深沉的回響
像座落在雲煙上的山洞
包容森林裡瀰漫的霧
每一片樹葉都是未竟的話語
你躲在洞穴裡
你祈求的森林充滿雨的霉味

於是你端正姿勢
學習熟悉自己的聲音
像在荒野中遊歷
到了新的房間打開新的窗戶
看自己像看悲劇的腳本
彷彿看到眼前出現草原
你盼望自己是被人寬容的
被放逐在一個失憶的原野
你遺忘自己的虛構
遺忘那些陰霾的台詞
遺忘那些大雨時帶你過街的傘
你折疊疼痛，細細對齊折線
將他們壓在蒲團的心臟裏

但你仍在洞穴裡
聞著森林頹敗的氣味
跟著他們一起發霉
以為自己留著最後一片樹葉

也許雨和霧一直不停
也許你走不出回聲瀰漫的城
也或許有一天你覺得夠了
懂得那些姿勢只是你傷痛的檢索

也許哪一天霧散了
但不散也沒有關係
你學會傾盡整個城市的雨水去愛人
也許會先學習如何將海水倒灌
好好地愛自己
最終你學會和梅雨季節和解
即使對他們的印象是那散不去的霉味
也記得他們曾愛過你
只是方式不同
所以你端正姿勢
識得自己的快樂與歡愉
疼痛與來歷，決定雨霧的來去

忘了帶傘的日子

二〇一四年六月二日

今天天氣很好，當我
看見窗外的鳥從窗外飛過
想撥通電話向你詢問
那邊的季節和語言是
否也晴朗閃亮如海上的鹽

總有雨天的時候，我知道
誰都有忘了帶傘的日子
你一定也有吧，在潮濕的屋內
覺得自己的雨天，世界的雨天
黯淡濕潤如烈日下的影子

我希望是晴朗的，即使你擁有
過多的雨氣充滿毛燥，起了毛球
也依然晴朗如自由的人
即使你知道在他們如淵的夢境中
是不自由且傷心脆弱的動物

我知道所有我不知道的，例如：
你的傷心，我的沉默，那些知道的一切
是每天陰鬱的海市蜃樓
窗外正下著雨，你打電話來
問我這邊的天氣如何是否如海上的鹽

我和你說是啊，正如海上的鹽
一切都晴朗閃亮，窗外的鳥
正從窗外飛過，影子貼在窗上冬眠
我的雨季一直沒來，一直沒來
像你一樣，我也忘了帶傘
但誰都有忘了帶傘的日子
誰都有忘記帶傘的資格

石子

二〇一四年七月七日

在夏天，所有炎熱的氣候
都有被原諒的藉口
理由總是事後才被詮釋
石子投入水面，成為石子
並不需要更多的原因
因為我們理解夜色
推開的到底是哪一扇窗
多數的礦物都被賦予價值
但成因都何其相似又各有不同

我們都看似輕鬆地分派
各種責任到他者身上
更多時候毫無道理，談論關於
他人的感受與觀感
擔負更多的也許並不堅硬
只是看起來更為平常
像是唾手可得的石子像你像我
每一粒石子都是獨一無二的
但只有自己能覺察差異
每道紋路都如同閃電落下
我們都病著，吃藥期待痊癒
過後才發現自己一切俱足

夢都在睡之後記起醒之後遺忘
在記憶中有人告訴過我
我不需要變得堅硬
不需要被切割，成為多面的鑽石
我不需要特別到火中
成為火焰的臣屬

我是路邊的石子，微小、平凡
像多數的微塵眾不懷疑自己
為什麼是自己而非其他
在礦物中也分派階級，皇室
也就那樣了吧，耀眼奪目像那些
黃金與寶石沒人理睬也就失了顏色
我仍是石子，無所謂成為什麼
將自己放到更大的海域
做為一個陌生的礦物，陌生的活著
即使終有一日成為知名的礦屬
也要記得自己本是細微的石子

不説

二〇一四年八月二十七日

有時候想問你
這樣快樂嗎
當我開口的時候
你卻消失了
只剩下衣物與尚未説出口
被切斷的第一個音節

你靠近我
像是渾沌未開
初始的第一個字
我問你離去的時日
你在想些什麼
你抬起頭看我
沒告訴我
你説的是最後的謊

靜候

二〇一四年八月二十七日

我將心交給你
你鎖在最後的故事
等到所有細節都
獨立於細節外再也不
需要我替你說些什麼
你帶著它離去留我一人
再也沒有回來

你沉默了
像是最後一個字
最後一撇
離開紙面時
所有說不完的話
都從那暈染開來

靜物

二〇一四年八月二十七日

太初有字
靜靜停在原地
你剪下一塊風景
貼在自己的心上
隨處走動
像是帶著記憶來去

你說要帶著我
像帶著自己珍愛的字
每天默默地模仿
情緒與線條像是這樣
就能夠理解我
什麼時候傷心
什麼時候該露出微笑
像一個靜物沉默對我
讓我也沉默像個靜物

模仿

二〇一四年九月二十六日

我們都很認真
模仿彼此的字跡
想成為端正的人
要做出許多努力
例如忍耐
例如在斷墨的殘痕上
有著不乾脆的牽扯
你說文字自有力量
脱口而出的語言
就成為事實變成歷史
風乾的化石
像不可逆的雨水
滲進傷痛的組織裡
要有光。你說
而光就來了，沉默地
走進你殘破的身體裡

雨絲也扣入你的沉默
奪走你的語言像剝離熱
風吹過就消散
像太陽出來，露珠
隱去成為水氣
沒有誰是純粹的
每個人都很認真活著
認真地像誰
我們都在座位上
認真地愛著
沒有完全一樣的字跡
也沒有完全不一樣的墨痕
午後我們走進彼此
禁止進入的區域
從此只靠著比喻活著
再也沒有誰純粹是誰

最後我們對坐
互相抄著彼此的字跡
沒有誰更像誰一點

自答

二〇一五年三月二日

彼時有雨瀰漫山城
你舉起雙手
放大光明不以為自己
比誰更明亮一些
屋外的人哈氣
摩挲自己的雙手
他的掌心冒出煙
你在屋外
站著陪他
像是這樣站著
就能令他了解到
你在他身旁
他將你點亮
而後離去
你的聲音反覆跌宕
不斷增強
像是雨變成雪
滿天煙雨漸弭
雪蓋著你
他要你的聲音
再也傳不出去
只讓他一人聽著
他想要融化
想不再堅硬
不再踏過誰而前進

以為自己是火
以為自己是水
以為誰能成為風雪
澆熄或者凍結
每個躁動的分子
也許也不怕死亡
只是更早一些
觸摸到靜寂的形狀
成為足夠龐巨的
音聲或色相不足成為你
閉上眼像是一切
都不再重要

睡吧，睡吧——給受傷的人。

二〇一五年六月十日

「如果受過傷才能夠溫柔，
那我們為甚麼要承擔這種溫柔？」

我知道有些事
是努力也做不到的
例如傷心後還有傷心
所以快樂似乎是
做不到的，我知道
有些歌聽一聽
眼淚就流了下來
似乎旋律後還有誰
陪自己一起哭著

我也知道你看到一些句子
像是針一樣
將自己與某個過往
縫合起來
像是回到了過去
但拯救不了自己

我知道你

希望自己像一陣煙
風來便跟著消散
想就這樣融進土裡
在裡面縮得小小的
小小的，像在夢境裡
發生的所有事都只是記憶
醒來後大哭一場
像記憶住在眼淚裡
一起離開自己的身體
鑽出土裡曬著太陽
希望這樣
就能夠行光合作用

有些事情發生了
就永遠成為自己的年輪了
你以為自己能是水
但所有人都是木頭
被誰鑿傷，被誰砍伐
有人在上面刻字
像是那樣就能證明
誰是屬於自己的
你逃離自己的命運
但命運仍握著你

我知道你，像知道自己
知道你仍健康
只是因為溫柔
知道你仍快樂
只是因為溫柔
知道你仍善良
只是因為溫柔
知道你能像水冷冷地
照見自己
只是因為如果不這樣
就要壞掉了
再也找不到自己了

你說你要睡了
要進入夢裡
我只希望你睡吧
睡吧，因為溫柔不是你的錯
受傷不是你的錯

歸處

有時候我傷心
坐在屋裡，像雨
落在木質的地板上
所有哀傷都落入縫隙
每一個底層都有你
潮濕的憂鬱。你學習
用不同的方式呼喚他
確切了解語言：
有其侷限。不像一陣風
吹過蘆葦時便了解命運

二〇一五年四月七日

他彎得更低了些
更像低鳴，呻吟的獸
流下孤獨的血，聲音的淚

我坐在屋裡看你
像是從沒見過你那樣看你
告訴火焰我的去向
告訴我你的哀傷在哪
我告訴你：關於一切
像天邊的閃電
我們聽見了字母
而後才看見湖水的瀰漫
有一些人在岸邊死去
有另一些人在岸邊
生活：說出的每一句話
都帶有血的味道
雨尖銳地擊打在我的身上

我一直在傷心裡
索性坐在屋裡一直看你
看著你像是我曾看過你
你在雨中看我

我們剛學會哀傷的字母
學會收納與整理
將所有木質地板一一拆開
擦拭乾淨，再一一放置
風中的蘆葦挺立起來
看著我們，我們看著我們
擦拭完所有的哀傷
一切各歸其所
我們回到各自的屋中
回到各自的沉默裡
記得溫柔的事實
進入孤獨的夢境

我想我會慢慢放下你

二〇一五年七月五日

我想我會慢慢放下你
像慢慢放下自己
逐漸懂一個人
在屋內聽雨的呼吸
像是只要了解雨
就能夠了解自己
覺得只要學會雨的呼吸
這樣眼淚就能變成雨

我知道一切沒有解決的一天
知道你在離開我之後
我們都學會更多生活的技巧
懂得說謊的時機
做夢的方式
甚至是做愛的語言
我知道一切都沒有解決
只是習慣假裝自己一切都好

讓世界在軌道上跑
讓我在世界上走

我知道這些話說起來太早
但不說又太晚
知道自己說什麼都多餘
但說了也不會讓雨
更快下完，像我
做了什麼也許讓自己毀滅
不做什麼也許讓別人毀滅
我怎麼會知道
一朵自由行走的花
最後會葬在哪裡

如果你熟知雲和閃電的脾氣
如果你知道什麼時候
我們能酣睡一如剛熟識時
相談甚歡如初生的獸
那你會不會也放下我
像我放下你一般

輕柔且安穩地放置
在柔軟的雲上
如果你知道自己終究
是放下了我，那你也該知道
我會慢慢地放下你
像慢慢放下自己一般

你那邊也下雨了嗎

看見窗外下雨時總想問
你那邊也下雨了嗎
想問的太多
問出口的又太少
我們聽到的
是同樣的雨聲嗎

想問問你，關於自己
有晴朗的一天嗎
是不是問候彼此

二〇一五年八月二十四日

燦爛的氣象是否閃爍
已成例行公事
而我總也不知道
是否有雷在遠方驚起
是否有雪在遠方肆虐

是不是總會有
沉重的時刻降臨
像光照進午後的窗檽
在我們倆人之間

你總選擇沉默
像是我們以此命名
不知該從何說起的故事

以為你像我，或者就是我
以為門扉緊鎖
以為窗外的雨或雪仍下著
以為你正縮得小小
小小的像是受傷的孩子
彷彿又聽見雨聲
看見光從門縫中透出
輕輕地撫摸門框
像撫摸你一般
才知道一直都只是輕掩

那你知道嗎

二〇一五年五月十七日

沒有什麼比知道你在
還要令我歡喜
雨中的湖水
從密集的缺口
到秘密的縫合
你知道我在哪裡嗎
你知道我一直在這裡嗎
你知道這些日子
我也變得很薄、很薄了嗎

有的時候你生氣
每一句話聽起來都像針
像睡在火裡
時間越長
燒掉的就越多
你變得很薄
像是光就要透過你
照向我
而我知道這些光
都會透過你才照向我

你質疑過自己嗎
質疑過語言的正當性嗎
你穿上衣服，穿上，穿上
直到再也無法將自己
保護得更好、更嚴密
才瞭解自身的脆弱
知道自己是荒蕪的田野
飄散且稀薄的蒸氣

如果就要離去
我能在哪裡找到你
我是在火裡的柴禾
一點一點地燒
一點一點地死
那你知道我在哪裡嗎
你知道我知道嗎
我知道一切無常
都純屬正常
有時候你不愛了
但有時候你愛得要死
像下一秒真的要死
才發現活著比想像中
還要更接近本能

借火

二〇一五年六月二十七日

想向你借火，照照自己
在雷電轟擊後
碎裂成多少塊混濁且
不輕盈的玉石
失去溫潤的顏色
乾涸地平躺，你說：
「就像失溫的物
冰冷、僵硬，碰上熾熱
便產生裂隙，直直地
像是要將大地分開那般地
恨，或者痛，或者
或者空無一物
像我一樣。」

想要你身下的泥土
仔細觀察它
以為自己從其而生
將來也必定自此而去
雷聲又在遠方
轟擊我不知細節的人間
我不知去向的分身
你是否也曾和我一樣
陷入哀傷與驚惶
卻無法陳述，無法細說
像遠方的雷一般
只能用光線與音節
貫穿我的人生
想起自己曾是盜火的人
以為能將自己燒成玉

知道自己再過去
就再也回不來了
想聽雨的聲音
卻看見你在對岸
而我們之間隔著雨水
隔著未知的氣象
我卻仍記得自己
是一塊破碎的玉石
我聽見火的呼吸
像是毀滅的預告
才知道你是水
將我澆熄、冷卻，而我
卻記得自己也曾經溫潤

我一直在重複風的語言
將自己放在磨磐上
一點一點地打磨
一點一點地死去
你和我說的我都記著了
而我以為那是圓潤
如果你仍記得
尚未虛無的時候
自己也曾是失溫的物
和我碎裂的部分吻合

彼時我仍想向你借火
照見自己的缺口
也照見你的缺口

告白

二〇一五年八月五日

你這麼問我，像是
再也沒有機會
和我談起這些事情
那時是午後
陽光斜射進屋內
照亮你一半的臉
另一半卻仍是黑暗
你談起生活，談起自己
眼神發亮像是個學者
我竟也突然明白
即使是森林中的一棵樹
從擁有名字的那一刻起
就不再是孤獨的

「愛我，好嗎」

你說希望和我一起
走過溪水，越過山的稜線
而我知道你
只是需要一個聲音
能夠向你問候
譬如早安，或者晚安
或者並肩坐在一起
整個午後安靜地
看著雲遷徙的模樣
也許會有一陣風
吹過我們
一同搖曳淺淺的睡眠
但其實是淺淺地醒

你特別計算過角度
坐在這個位置
特別容易看見午後的光
從雲的邊角撒下
像是有人從天上輕輕地搓揉
令一層薄薄的光
覆蓋在你的草原上
你其實知道，什麼都知道
知道雲會相互摩擦
知道電，知道下雨
也知道我一直活在雨裡
偶爾被閃電擊中
偶爾成為閃電

我仍記得我們

搭上最後一班列車
但已經不記得起點與
終點，只記得
我們進入了隧道
那些好美好美的景色
都變得一片漆黑
你告訴我你仍是絕望
一切努力
無非是想點起一盞燈
想再看看我
也想再看看自己
想在看見彼此的情況下
擁抱、親吻
才知道彼此有多冰冷
才知道彼此有多絕望

道歉

最後我還是想說抱歉
即使我不知道
什麼時候才是最後
不知道的事太多
太多了，例如院子裡乾枯
僵硬的蜂房在陰影中
也許也殘留著蜜
但也或許只是幻覺

例如你，我不知道你
但知道自己像是一座巨石
被你慢慢地淘洗
越來越小，也越來越
光滑像走過我們間的時間
仿若有靜謐的神

二〇一五年九月二十二日

在我們的話語間流動
知道自己偶爾艱澀
偶爾像你，但只是像你

這些一切的傷心
並非語言所能陳述
也許你像我一般
揀選他人的靈魂並評論
最後卻發現自己是虛無
但你給我親吻
讓我知道世界上即使有再多苦難
也有柔軟之處
也有甜蜜如幻覺之物
我們在午後並肩
我看陽光灑在你的身上

有一半的陰影仍覆蓋著你
而你見我亦如是

一直覺得像是做了個巨大
且哀傷的夢，夢裡有你
有我，有相處，有分離
我記得一切的細節
卻獨獨記不起你和我說了些什麼
也許是害怕，也許
只是我不願意面對
夢境終會結束的事實
怕醒了之後只剩疼痛

也許我仍是知道你的
恐懼與哀傷
知道你像水浸潤自己的生活
一切憤怒跟憂傷
都悄悄地讓你沸騰
都悄悄地讓你冰冷
只是那種知道
並不夠，也知道沒有什麼是夠的
只是這樣就好了
我也只能給你擁抱
沉默走過我們兩人之間
彌補所有語言無法陳述的缺口

可能

二〇一五年十一月十八日

「這世上只有兩種人，
被愛的與不被愛的。」

彷彿是你在午後聽的一首曲子
溫柔地沒有其他選擇
反覆跌宕，易碎如一場
突如其來的暴雨
打亂你安置好的所有計劃

但你知道的，你知道
人生從未有計劃可言
一切都試圖告知你
氣象，或者曖昧的預言
向你宣告有關明日的荒謬
更勝於今日的恐懼

又來到美麗的夜
那美麗與昨日的夜
擁有高度的相似
我們不過是重複同樣
細碎且凌亂的哀傷
你知道這些是不一樣的

即使相似，即使
肉眼無法分辨你的哀傷
與他的哀傷誰更沉重一些

如果你愛著，如果你愛
你會記得自己
曾和愛人所説過的每一個字嗎
你會記得曾和愛人
經歷的每個細節甚至
每一個故事的成立
與不得不結束的傷心嗎
你會嗎，你是會愛著的人嗎

關於這些悲傷的統計學
我不得不回應你
世界並不僅止於此
並非你相信明天不會到來
時間就會停滯在原地
一切都是連續的，例如傷害
又例如自欺的謊言

我想一切都是有可能的
可以愛人就像林間的鹿
互相舔舐曾受過的傷
也可以被愛就像昨日午後
你聽到的一首連續、細碎
且疼痛的曲子

我在夢裡寫了首詩

二〇一四年十一月五日

0.

我在夢裡寫了首詩
溫柔、沒有毛邊
裡面擁有整個時代
在湖邊低吟
像是咒語的詩句
待文字老去，身上
每條溝渠都充滿魔力
看見細小的蟲子
匍匐
爬滿時間
像是要經過誰的領地
爬過誰的輕微鼾聲

1.

記憶艱難，觀察
溪水裡的石頭
撿起一顆細細觀察
放下像對待雜物
以為在陳舊的倉庫裡
沉默地坐在地上
拂去積厚的灰
揚起睡眠
夢境與含混的雨
石頭是絲線
記憶是網
物是毀
壞是各種死滅

2.

生活住滿鬼物
將自己打理乾淨
早早盥洗
在太陽初升時離家
夜裡的夢
就在夜裡解決
現實的事情
留在現實裡煩惱
我說生活
幽微地住滿
不斷飄散飄散
最後卻又墜回
地面的
傷心的
鬼魂

3.

你知道只要觀想
就能見著一切色
相的不存在也是
存在的。你知道
所以你內心無有
障礙的傷橫在角
落下一片葉子在
你的腳邊你彎下
腰身像抬起身子
看著對面的虛無

彷彿像看見自己
傷心的樣子就像
自己曾死過一般
你。知道無有結
果，然而你不得
不說：自己終究
會老去。會死去
傷也會老，痛也
會死。像你一般
。。。。

4.

自己
比想像中決然
比想像中易感
比想像中猶豫
比想像中冷酷
比想像中易傷
比想像中易老
比想像中易死
比想像中還要
更無趣
更像槁木
像死灰
但不揚起

4.5.

但更像乾涸
且靜止
更深沉的水
是死的
沉靜沒有波紋

二〇 · 三

偶有動靜
以為自己正和
宇宙溝通

5.

仍記得自己寫了首詩
在夢裡。以為這裡
是夢，所以
比平常更沉默
更鬱鬱寡歡
更像個人
以為自己的活
不值得活

以為自己比起生活
比起死亡
比起遺忘
來得更加重要
或許是因為這樣
我寫了什麼
也許不是那麼重要

6.

醒後我不記得
自己說過什麼
做過什麼
像是進入睡眠

這邊的我就死了
那邊的我就活了
以為自己現在是在這邊
偶爾以為自己
其實是活在那邊的

7.

記憶之不可信
語言之不可信
我之不可信
我信你
論你之不可信
要死兮要活
你之可信我
卻獨自前行、坐臥
看見花落、離去

如同你
獨自的來

8.

無法獨活
也無法獨死
我是水
偶爾堅硬
偶爾柔軟
希望活得像自己
住進別人的身體
活得像他
生活偶爾艱困
偶爾被過濾
被希望燒乾
發散成煙

確信自己並不
活得更少
也不更多

9.

我記得很多
不存在的事
都在我生命中
妥妥地住著
像隻貓
盤著發出低迴的鼾聲
靜靜地來
靜靜地離去
在我發現以前

10.

很久很久以前
就像故事的開頭
一般的我
也曾有過那種過往
媽媽為我買了支錶
上面有一隻
有著十指的機器貓
他要我懂得
時間的運行與
規律且精密的安排
自己

要我懂得如何切割
將時間切割無數
像一個高強的劍客
像宮本武藏
老是遲到
也能贏得對決
假裝一切都經過
精密的計算
假裝一切
都在掌握之中

11.

而生命無法安排
而死亡無法安排
而我
我以為自己可以

12.

我說我記得
只是忘了
以為是星體的運行
像B612星球
經過地球
被誤認為流星群
以為自己是他們
流落在外的同類
在生活中
我們流離失所
不被接納
在人群外流下眼淚
在街上遊蕩
想著該去哪裏
看到路邊一對情侶

互相擁抱，像世界
就要毀滅
下一秒就要死亡
像是過了今夜
語言就要失效
我手裡拿著玫瑰
輕輕靠近他
輕輕地說怕引起
多餘的恐懼

13.

你說
我在聽
有時活著
只是想聽到誰
這樣對我說
即使忘了也好
我在夢裡
過得很好
我寫下這句話
怕自己忘記
直到睡復醒
醒復睡
才知道不在夢中

14.

知道自己遲早會死
認真活著

覺得愚蠢
不可及
不可知
不可傷
以為明天就要死
活得更痛
更痛快
不可知物
不可揣測
不可
活得死得太快

15.

我一直知道
自己忘了什麼
記得自己
在夢裡寫了一首詩
每個字都擁有
過多的神秘
像活著
擁有過多的秘密
水在流動
我是水
以為自己是水
卻總是睡
過多的
在夢裡醒著
以為自己寫了一首
溫柔
鋸齒都被磨平
沉默無聲
大悲
大喜的一首詩

像我的睡眠
靜謐如林
萬物在其中活動
而我是萬物
無神
我在其中睡著
鼾聲輕微

我們是

混雜的

洋流

我不懂得一個現代人的哀愁

二〇一三年二月五日

房間裡堆滿過期的書籍
呆坐在屋內進行儀式
太多資訊的步伐太快
摸摸自己的臉
可惜自己不是臉書
沒有人會在你身上按下任何的讚
假裝自己是英勇的騎士
模仿唐吉軻德卻變成唐吉蚵仔

緊緊縮在自己的殼
聲音像是從遠方傳出
替自己穿上保護色，加入眾人
彷彿自己也成為他們的一份子
彼此同意對方是熟識的
溫度卻比陌生人還要陌生

你沒有真心愛過誰，從沒有
而你卻愛他。愛他的言語
愛他的照片總是露出靦腆的笑容
你把房間的燈關上想像他
想像他溫柔地對你笑著
你沒有見過他可是卻瘋狂的愛上他

他笑著和你說起今天的天氣
今日做了些甚麼明天該做些甚麼
你透過螢幕摸遍他的身體
每日每日只懂得重複同樣的事情
而你愛他。愛他從不說出攻略外的台詞
不像那些誰誰誰總否定你的傷心

我不懂得一個現代人的哀愁
我同意過多的好友等於過多的寂寞
同意那些語言都充滿了傷人的藝術
同意他們爭吵鬼島有沒有魚可吃
或者偶爾同意他們在遠方吶喊
隨意代表我的身分去向誰宣告誰的權力
但我仍然不懂得一個現代人的哀愁
這些傷感是鰥寡的代言
——不是眾人死在我的眼裡
就是我死在眾人的心中
一個人的傷心不外如是

寂寞文青經濟學

二〇一五年七月十三日

「經濟學是一門專門研究財富的學問，同時也是一門專門研究人的學問。」

Alfred Marshall，《經濟學原理》

文明已走到田野的盡頭了
經濟化約成寂寞的野地
你開啟螢幕，看見
對面有人對著視訊的鏡頭
和你問好，但他說自己的話
唱自己的歌，並不真正看你
你並非他的盡頭
但你看著對準他的鏡頭

你的文明自此而生
明確瞭解慾望的形狀
你送他錶、送他包
無非希望他多看你一眼
多喊一聲你的名字
像是神祇，一時之間
有無數朵星雲生滅
他微笑間彷彿成為
你幻想中最經濟的樣貌
於是你又做了些不經濟的事

有些事並非經濟狀況所能解釋
你關上螢幕後偶爾也
看看村上春樹的書，以為
自己略懂略懂，加十分
戴復古的原框眼鏡
額外多加自己十分
平常說同性戀噁心
但是跟著大家一起換
彩虹的頭像
你給自己加五十分
說一些似是而非的話
引起他人的掌聲
再加個十分，像葛來分多
但偶爾會碰上自己的石內卜
扣個三百也是正常
但我想你只是誤會
石內卜是好人，但你不是

你以為自己的文明
是偉大的巨人孕育而出的
你推了推自己的眼鏡
以為有些事情
不以某些模樣呈現
就是不可取的，像是
所有的詩句都要美
精煉得像是清透的琉璃
否則就扣上一百分
你的沉默有其道理

即使你關門尻槍
我也沒有阻止的理由
像你送給視訊主播一些負擔
得起的禮物一般
我沒有理由阻止你
殉道的寂寞與成為一個
文青的人權自由

（噢這首詩記得要扣
五百萬分才足以讓你釋懷）

在太陽與月亮之下

二〇一三年十二月十四日

寫在二〇一三年年底，給所有曾在、仍在、將在的人們

在太陽與月亮之下
我學不會占卜
手上拿了一枚硬幣
卻遲遲不敢扔下
看看是正面還是反面
命運都在旋轉之前被決定
站在浮空的階梯
雕花的牆面散發
噩夢的香氣爬滿我們的身軀

因為沒有信仰，學不會占卜
所以容易被神所俘虜
但這世界沒有神
我們挑了一個散亂的年代
學習彌撒，練習神功
甚至研究如何隔空抓
沒藥，可醫這件爬滿了
爬滿了蟲子的衣裳

再沒有一種健康狀態能夠超越
仍安然健在的現代居民
在太陽與月亮下每一刻
都有死亡的氣息散逸
我們能說甚麼？能說：
我們見到一條通往幽冥的管線
嗎？當然，可以。但真沒有
會承認的人，是不存在的
再沒有一種信仰能超越我們的
荒蕪。與一片又一片的鴉片田
日月不斷催化我們的毒
據說我們是被選上的子民
但最終是被太陽與月亮殺死的
——說出去，誰會相信？

生活方式

二〇一四年一月一日

早晨我打開窗簾令陽光照在身上
打一通無人接聽的電話假裝
自己並不那麼孤獨，甚至
像個陽光男孩一般
打開一些有內容的書
讀那些字，檢索一些晦澀的符碼
你知道，我們都會說一些謊
騙別人以為我們過得很好
那麼要說多少謊，才能夠騙過自己
是快樂的沉默，歡愉的陰鬱
每天早晨面向鏡子只有一張嘴
懸浮在無盡的無盡的虛空中

一些人向另一些人問好，發自真心的
問候他人的父母我覺得真有禮貌
有些人總保守估計他人的資產
推測他們身為乞丐的可能性
但這年頭乞丐都有車有房
全台灣有一半的人連丐幫都無法加入
我們的高知識份子只有知識
所以都沒有常識，不知道
服務生也是有血有肉的，他也會
和你和我網站有聯絡，我知道
知道你的恐懼，知道你
有一些不那麼惡毒的話是說給自己聽的
像你知道我總安慰自己一般
安慰自己仍和他人有所聯絡

説起來都是我們不好
每日每日，有太多的謊需要被篩選
五顆鑽石放在我們面前
都仍要懷疑它是超自然的謊言
所有人都想要唯一的蘋果
我早是素食主義的擁護者
在這人吃人的世界裡
雞鴨魚肉也只能算是素食

最後容我以相同的方式問候各位
但不去揣測他人的隱私，譬如品德
我以為那樣更快樂一些

因為我們有相同的愛
有相近的語言與命運的骰子
我們能夠騙過別人，假裝自己
一切都仍照著行星的軌跡運行
但多少謊言都騙不過自己
每個大謊言家的傷心都不外如是

我們是乾燥的物種

二〇一四年三月二十五日

1.

我們是乾燥的物種，一點就燃
燒起的火焰像飄零的雨
遠方的風令我們更加熾烈
再沒有比這更令人傷心的事了
走到街上，三三兩兩的人
挽著彼此的手，親暱地說話
彷彿我們是透明的。我們
從灰燼中取出花朵，放在一旁
看著他們經過我們毫不在意
隨手取走那些花朵，帶到遠方
盛開燦爛成一株微小的火苗

2.

我們擁有冷酷的學說
生活中學到的都是傷人的技巧
有的時候我們是脆弱的木苗
努力地將火引到自己身上
燒光自己就能引起遠方的雷聲
吹起的風都擁有主見像雨
是的我們的雨水，一朵朵的
一朵朵的雨水匯聚成湖泊
湖面上唱起赤紅色的歌
我們互相靠攏找到屬於自己的語言

3.

林中的鹿群迅速地跑過
你心中有一片森林不斷長出陰影
沉默的自然沉默地追逐
你是那一群鹿裡面
跑得並不那麼快的足跡
在後面哀鳴

4.

我們脫下衣服後成為自己
穿上衣服後變成他人
我看到你在遠方露出驚恐的神色
我的武器落在你的身上
但我的靈魂被關在牢裡
我們擁有冷酷的學說
學到的永遠都是傷人的技巧
有時候學到衣物的道德
卻永遠找不到自己
我們是乾燥的物種，卻住在雨水中
燒起的火焰永遠都像飄零的雨
最終匯聚成湖泊，野火
燒遍擁有鐵鏽的荊棘

復活的羊群

在海邊聽風的誓言，你說
這些行經的列車都載滿歷史
前往復活的島嶼聆聽大氣
經過的人都擁有沉默的氣候
連星辰都不任意閃爍
我們都是疼痛的器官，肆意
創造傷害的藉口，或沉重的寓言
你知道我們都是謹慎的學徒
準備一本筆記，上面抄錄的滿是
面對疼痛與恐懼的箴言：
「將槳還給海，肉身還給大地
恐懼還給黑暗與未知
靈魂還給自己」，以及疼痛

有太多的話無法說出口
太多的預言被視為無干的謊言
有些話一出口就成為創傷
橫在遠方，阻斷我們必經的路
遠方的蜂鳥飛到你的面前
向你提出預警
遠方充滿危難，他們屬於災害與厄運
各種有關國族的預言都被視為厄難
誰偷出火種將火焰傳遞
我們擁有光明卻更重視影子
筆記裡寫滿生活的歸屬：
「肉身屬於疼痛，老屬於時間
自由屬於限制與綑綁
你屬於自己」，以外的人

二〇一四年五月十七日

不敢說出真相，只能不斷
研磨語言，讓它們發出不同的光
每天盯著光譜的色段，詢問
關於尖銳的利刃，是否曾後悔
傷害過不想傷害的人
每一把淬火的刀都是冷靜的
他們都瞭解，所有的過往
都是不可逆的事實與破壞
所有書頁上的歷史，卻都像筆記
我們傷心的海市蜃樓：
「你的刃口屬於自己，遺忘還給海
所有的山峰都留下遺言
將森林留給未來」，好不了的傷

我們終將會明白，那些苦衷
所有好不了的傷都是一面鏡子
照出所有後悔的目光
也許終有一天我們會醒覺
自己的故事是最後的悲劇
我們是最後死亡的人類，復活的羊群
一切都各歸其所，擁有最好的結局
我們在遠方吃著草，乾燥的
歌聲從更遠的地方傳來
我們仍然吃著草，沒有抬頭

你真是美麗的衣架

你真是美麗的衣架，合乎
體裁與禮儀，習得多數的
殘暴與獨裁的事實
當我這麼和你說的時候
我欣賞你的沉默，你的不作為
而你依然美麗，將美麗的語言
都留在我們掛上的衣服下
你的冰冷就是對我最大的溫柔

承認自身的殘酷，是後來的事
沒有人知道多情的暴力
會成為他人一生的缺口
追溯的時候都會責怪對方
當初為甚麼沉默，為甚麼
不讓我們知道他也會痛呢
而這也是你的疼痛吧，你越疼痛
就越美麗，美麗得令我恐懼

而你從未告訴我一切
關於你漂亮的線條與包覆的漆皮
都承載著單色的彩虹
你受傷的時候，沒有人關心你

二〇一四年五月二十一日

你默默地將傷口填上
默默地上漆，默默地合乎道理
你進入夢境，深深深深地
變成另一個稱讚他人美麗的人

這些美麗多麼冰冷卻不被知道
沒有人知道自己的溫度
像你不知道自己的軟弱一般
我們毫不在意的稱讚你
是因為不知道這些稱讚的沉重
多年後你提起自己的滄桑
和暗自發的誓言
卻是寧願做為一個孤單的衣架

認真生活

二〇一四年六月三日

畢業後你一個月價值二二〇〇〇
有時候甚至不到這麼多
他們說你只值得這麼多
因為你不夠努力付出
不值得他們付出更多
你繳稅，認真生活，工作
為了吃飯你節省額外開銷
刪去額外的行程與額外的娛樂
有些人不繳稅，但他們不用省去
額外的開銷、行程，以及娛樂

後來你一個月價值二五〇〇〇了
你仍是買不起屋，沒有娛樂
一間房子價值二〇〇〇萬
小小四〇坪，等於八〇〇個月的你
也許是因為它剛好在風水龍穴上
像那些說你不值得的人一樣
剛好出生在覺得他很值得的家裡

二五〇〇〇能做什麼，路上充斥資本
主義式的喧嘩與沉默，他和你說
每個人都是商品，明碼標價
脫掉這件衣服一小時三〇〇〇
延長時間還打折，不過值得
但你值得嗎，他們問你
一個月的你值多少，你不知道

你真的不知道你的價值要如何判斷
女性朋友說你物化她
把她當作情趣用品一般使用
她說你不應該這樣，轉頭卻問你
有沒有房子、車子，如果有
是不是還缺個馬子
你覺得傷心，但連傷心都要標價
你請假一天就要扣掉八〇〇元薪水
少掉一〇〇〇的全勤獎金
於是你傷心的一天被標上價格
價值約莫一八〇〇元，比你一天的薪水還多
你每天生活，認真生活
不抽煙也不喝酒，每個月能存下五〇〇〇元

偶爾吃個大餐當作偶爾的小確幸
國家跟你說明年我們假期更多
假期更多，幸福也應該要更多
你仔細算了算，多出的假期
少掉的工時，老闆仍不願意給你薪水
你罵了聲幹，決定忘記錢的事情
你開始抽煙，開始喝酒
每個月少存了七〇〇〇元，但你仍活著
認真活著，每個月你身上的負債都更多
但每個月你仍是認真生活
你的薪水逐年增加，債款也逐年增加
最後你死了，他人也為你加上評語
但這個評語並不像你所認為的那樣
是個認真的結局

愛過的人

寫給曾經愛過的人與民們

二〇一四年六月五日

你愛的人成為愛過的人
像看過的果實都曾經是花朵
所有關於生活的啟示
都在於選擇，例如：
早晨是牛奶或豆漿的差異
吐司是烤過的或者
沒有烤過的都像你曾愛的
蛋黃是全熟還是半熟，破了
或者不破也很好，像夢
今日的夢覆蓋昨日的夢
關於細節，你說：

曾說過的話可以被遺忘、選擇
甚至是離棄在荒野的中央
如堅硬且難以磨滅的碑石

你說做人難，關於討好所有人
這件事比愛人要來得艱難
討好一個人和討好所有人
你看著餐廳的菜單，不知道
自己到底該吃哪一道
異國的食物抑或是本土的餐點
當你被反覆詰問，反覆的追問
關於各種現實的可能
我們換了屋子，就換了生活
換了所有的家具像是換掉
過去自己所挑揀所信任的器物

在某一個相似的未來
公開發言承認自己的缺漏
那些過去的自己，都在攻擊未來
住在新屋內的
與自己相似的那個人

有沒有一個標準可以依循
可以告訴我們，關於本質
不是花也不是果實的
更為原本的事物，例如種子
如何才能一直是一顆種子
我們說出許多的也許
但這些也許都是未能成立的

「若我沒有愛過你
那麼也許你不會成為
現在這個我不認識的人」
我們都抱持過多的期待
對於一個人
要永遠成為同一個人的俘虜
對於深愛的
最好永遠都留在仍愛的那一刻
這樣我們都不會有震驚
或者痛心的那一天

默禱

二〇一四年八月三日

願生者平安，死者安息
傷者復原順利，願一切靈魂
安穩如吹過的風充滿秩序
默禱如夜色一般充滿寧靜
關於一切談論的話題
理論最終仍是理論，昏暗的燈火
每一盞都擁有虔誠的祝禱
關於一切都好，一切
都盡皆順利的微小願望

再沒有什麼比死亡離恐懼更近
每天都要和世界說晚安
和自己說晚安，和離開的愛人
死去的親屬說聲晚安
除此之外甚麼都說不出口
爭執不休的是那些不受傷害
且圖利於災害的人
願一切沉默，留下更多的時間
給更多留下的人

活在這個世界上沒有誰真正
純然依靠邏輯生活
有人會和你說這些逝去的靈魂
有多少重量與多少沉默的力量
他們說到最後，仍是脫下夜色
打開自己的家門
沉入自己想像的夢境之中
沒有誰真正死亡
在他的夢境裡沒有誰真正死去
除了自己以外

於是最後留下的生者與傷者
被迫學會沉默
談論的大多數都學會談論

最後能做的默禱也只是蒼白的
願死者安息，生者平安
所有傷者順利復原，關於那些
蒼白且充滿沉默的傷痕
一次次地撕裂在沉默的面孔之前

最後誰也都不說

二〇一四年八月二十三日

最後誰也都不說，也
默認自己活在沉默之中
每天起床，盥洗
陸續走進捏造的故事裡
甚麼都不說，靜靜地
像是一切都明瞭，例如
窗外晴雨的抉擇
「一切都太過於完美了」
你這麼說著，流下淚來
我們住在善良的世界
門戶大開，任聲音自然走動
我們住在善良的世界
沒有人互相算計他人的故事
謀奪他人的歷史
甚至替人說出美麗的謊言

我們背負他人的故事活著
每天起床，見到陽光
期盼與昨天有所不同
但每天都與昨日相同
同樣的時間起床，同樣的
學會用更少的時間通勤
走進工作，用同樣更長的時間
完成同樣多的任務
用同樣的時間進入睡眠
但最後誰也都不說自己的夢
像是不約而同的活著，不約而同
走進死亡的故事，走進
魔幻且虛構的場景
裡面有足夠多的謊言
彼此擁抱像沉默的戀人

你看著，流下淚來
「一切都太過於完美了……」

你知道那些故事裡的人們
要是不傷害些甚麼
就再也活不下去了吧
像是銳利的刀刃刺傷所有
靠近它的肉身與肉身
所背負的故事與退路
你像是一把哀傷的利刃
不斷地將自己插入碎石中
企圖使刃口破損
逃離自身不得已的殘忍

「只傷害自己就能解決一切
一切都太過於完美了
像夢一般，一般的……」
在同樣的時間你醒過來
睡眼惺忪抓著露出的肚子
盥洗，生活，走進歷史
你仍是一把銳利的刀子
不傷害他者，就被他者傷害

最後誰也都說不出口
整個世界都沉默寧靜像是
海風落下的一粒閃亮的鹽
墜落海水就成為海水

再也沒有成為鹽的勇氣
你知道這是不得已的
你知道這是不可避免的
你知道你不斷告訴你你知道
但你仍是沉默像是
那些對你沉默的人們說不知道

我知道這些說不出口的話
都在幫助這個世界變得漂亮
你看著人們佈置細節
敲敲這兒突出的事實，拉拉那兒
那兒是稍微凹陷的故事
我們彼此看了看彼此
你抹去眼淚，露出了難看的笑
「一切都太過於……
太過於完美了，就像是假的一樣。」
最後誰也都不說
誰也都說不出口

死去

二〇一四年十一月十九日

那年他第一次死去
發現白己長得好看
發現故事
比想像中冗長
他走在路上
所有人都在說話
沒有人聽
像他的老師，五六十歲
在課堂上，他說
三民土義萬歲，然後流淚

自顧自地抱著歷史
要大家陪他一起哭泣
像是這樣就能夠
進入自己想像的世界
他周圍的同學都在
自己的世界裡生產

像玩遊戲
選擇生產的職業
住在自己的信仰裡

每個月定時繳稅
為了城主努力
偶爾有人
想要成為城主
努力找個年輕的女友
就像當初的國父
他也許看過
源氏物語，以為自己
成為年輕的光源氏
就能帶來平安
回到那個時代一同沉默
那年他第一次死去
他的老師還在台上哭泣

他第二次死去的時候
以為仍有正義
仍有美麗，像書上的知識
説到勇氣，説到
每一個沉默都不被允許
他走在路上
經過死蔭的幽谷
但他害怕。他怕
被推落深谷之中
沒有人看
沒有人管
沒有人會刻意經過
他的死亡
他的淪落
他的沉默就會成為永遠

他知道自己是孤獨的
和每個人一樣
他想起獨孤求敗
但自己不求敗
只覺得孤獨
像每一個同年的人
像荷爾蒙過剩
他看到廣告説
世界越快，心則慢
這是一種相對論
他想
是因為自己住得太小
所以心才太大
他想到那些住大屋子的朋友
似乎明白了什麼

他最後一次死去前
覺得自己像誰
沒有人能活得像自己
他想起高中時
教官叫他站好，站得
直直的像桿旗
要他整理服裝、儀容
要他像個人
像他一樣，好像跟他不一樣
就不是個人
他想起自己的老闆
要他聽話，好好做事
老闆剛好叫傑哥
這可能是個巧合

但他的確感覺自己被強暴
像無助的少女
像平日的他
他學會沉默，像死去
學會待在幽谷
做自己的事
生自己的氣
至少在死前要做一些事情
是為了自己做的
最後他死了
但沒人知道

謊言的技藝

沒有人比他更了解
該如何使用謊言
譬如生活，他說
他認真鑽營
對一切感到敬畏
他活在迷宮裡
每一個轉角都像
住著另外一個世界
他的歲月是純粹的
像一團火，熾熱地燃燒
他自己。像是一陣煙
輕輕地飄起，以為自己
無所不能。就像神
為自己戴上荊棘的冠
替自己製造傷痕
餵養牧者替自己看顧
那些流出的血
匯聚成雲的臉孔
「我想死了」他這麼說
像是磨利刀刃一般

他學會殘忍，學會
如何面對死亡的遷徙
他替自己製造皺紋
像是看見自己的父
他的臉孔被時光刻畫
他終究學會欺瞞
他的歷史是易燃的火種
他學會和人握手
另一隻手握著刀柄

二〇一五年一月六日

他成為閃電
要別人熟悉他的脾氣
他在夜晚看著深淵
在深淵裡看著自己
他是一陣沒那麼乾爽的風
所有黏膩的鹽
都附著在身上
等待剝落，以為自己
被光所包覆，像住在
光裡，但一切只是誤認

他刮下魚龍的鱗片
黏貼在自己身上
看見自己隱隱發著光
他歡喜地成為獵人
獵取自己想要的聲音
像一隻鷹準在空中盤旋
他用各種語言編織自己的沉默
他的渴望被妥善的包裹
他成為反光的鏡子
他碎裂成無數塊
他以為自己在煉獄中
他看見自己
「我無法不死」他說
他詛咒自己的命運
他疲倦。他在暗處哭泣。
他燒毀自己的母音
他讓自己成為母音
以為這樣
就不用再說更多的謊

夢幻泡影

二〇一五年五月二十五日

我有三千星辰
每顆都明亮、閃爍
如剎那間了悟無數生滅的
僧侶端坐、莊嚴地說
一切有為法，如夢
幻
泡影
世間有大道三千
也許也有三千棵樹
能夠成為誰的神靈

我拿起一個杯子
他是假的
我掬水而飲
他是真的嗎
點燃一張鈔票
他是假的嗎
那麼親吻泥土
更真實一些嗎
我的法有為嗎
我能像有為一樣
吃一張餅
餿掉的餅
吃得津津有味
像是吃掉宇宙的生命一般嗎

我知道有神祇環伺
知道有一天
一切物質會歸於虛無
像泡沫一般
像霧或電
我如何能站在泡沫上
不死，也不活
成為一個開悟的人
我如何能
看著誰
用著自己泡沫的經濟
換取世界美麗的土地

而有誰能成為誰
偉大而虔誠的信徒
我像是銅鑼灣出來的扛霸子
每說一句話
都帶著神聖的聲音
我有三千星辰
也逃不了生死輪迴
你有義
但我有滿腹的氣
兀自唸著
一切若有違法
如夢幻泡影

這樣的我值得你去愛嗎

二〇一五年七月三〇日

我不知道這樣的夜晚
是否適合提出
這樣輕易的問句
我不知道自己的舉動
是否符合應有的規範
甚至不知道
什麼才是規範，譬如吻你
譬如朝你的深處探去

你要我更深入你一些
攤開你的身體
將所有歷史都放在我的眼前
而我知道一切都起於
爭執與戰亂，以及那些
無法遏制的暴力
化做你身上凝滯的瘀血
而你問我，這樣的你
還值得我去愛嗎

我要你愛我，要你溫柔
但又充滿爆裂的佔有
而我是物嗎，我是
值得你用沉默細細擦拭
輕輕拂去上面灰塵的
被人輕易畫上勢力範圍
歸屬於你或者非你的物嗎
你告訴我，不要害怕
你給我吻，要我打開窗
風輕輕撫過我，像是要尋找
我遺失多年的哀傷
像是那些記憶就藏在我
從未坦然過的私處一般
如果你輕易地
告知我那些傷害

都被收整、折疊，輕易地
放置在櫃中
那麼你告訴我
這樣的我，值得你愛嗎

我要坦然地告訴你
那些曾犯過的錯、曾有的傷害
如你帶我走過的街道
水窪上倒映的色彩
夕陽逐漸走到水面下
而我也像夜晚
像水面上的星星，純然地
映照世界的模樣
溫柔地看著你，像是這樣
就能假裝一切的錯誤、爭執

暴力與傷害，都不存在
只剩典範，而典範永遠是危險的
你告訴我，永遠誠實地面對
我只想問你
在這座島上，在你的身上
我們經歷了錯誤與爭執
經歷了自私與推諉
這樣的我們，還值得愛嗎
你還以為這樣的我們
還能去愛能夠像是
一場突然來訪的暴雨
愛以及被愛著嗎
這些一切的一切都值得嗎

同行

二〇一五年六月二十一日

一直知道自己和你
走在同一條路上
以為漫長、漫長的沒有盡頭
回過頭卻看見
你早已停在很遠很遠的過去
留下我繼續走著
我看著時間彎曲
逐漸折疊、壓縮成
一顆小小的珍珠
掛在胸口像是
自己也跟著睡在了心上

覺得自己像是細小的菌類
在你的身上繁衍
過去就這麼鑄就了我
我像是鐵，被澆灌
成為你所欲求的形體
也或許是我所欲求的
了解自己的曖昧
並不像想像的那般
沒有目的的行走
其實一直知道自己
早就已經和你在不同的路上了

當我要墜入深淵
想像自己越來越輕、越來越

透明到能躲避引力的牽引
光照向細小的文明
我是細小的文明
我知道自己應該學習
破壞也無所畏懼的勇氣
毀滅自己的命運
再建立新的命運
像是你在遠方安靜地
丟掉自己。決定再也不要
擁有這受詛咒的人生
你縮得小小的以為自己
是宇宙棄捨的漂流物
而我撿起來就成為珍珠

我凝視你，像是這樣看
就能看進你的心裡
同時也凝視過去
像是這樣凝視
這樣近距離的觀看
就能改變歷史的進程
像是這樣就能夠
不用成為菌類微微地發光
我其實知道，一直知道
遠方的雷一直響著
有你的過去仍不斷壓縮
宇宙不斷重演
而我仍在這條路上

與你同行
卻也逐漸離開你獨自前行

她閉上眼躺成靜謐的大地

二〇一五年九月十日

她閉上眼睛，感覺恐懼跟隨自己
她學習成為黑暗，凝視
製造傷口的歷史並聆聽雷聲
她希望母音的音節
能夠更簡短，不再是冗長
且沉重像在棺木中的母親
她記得自己曾希望飛翔
像鳥兒。輕盈地站在枝頭上
像這樣就能夠成為樹

她立著像樹，落下的葉片
都像她一般，躺下就成為黑暗

她希望自己成為宇宙，呼吸
之間就有星系隨之生滅
希望不再死去，不再痛苦
閉上眼睛想像自己
是音樂，擁有節奏與韻律
跟著擺動，像是能回到
自己第一次死去的時間
發現比想像中更貼近傷口
像是自己就是傷口
她疑惑。感覺自己
像是惶惑的草原，被風輕撫

彎下自己的腰，躲避溫柔
以為沒有人會對自己溫柔

她偏執。抗衡自己的父
感覺死亡離自己更近
像是站在崖邊，遠遠地聽著
歡快的歌聲與樂器的聲響
她嘗試聆聽大氣的呼吸
嘗試製造雲層之間的摩擦
嘗試成為雷電。嘗試成為火焰。
她一個人站在虛無的房間
以為一切都是虛無
細細地擦拭塵埃
溫柔地輕撫，以為自己就是塵埃
以為塵埃也該被溫柔撫摸

她走到墳地，安靜地躺下
看見自己的歷史
有如黑洞但卻溫柔地給予
親吻，或者擁抱
像是希望有一個誰
也能將自己緊緊抱住
像要將彼此揉進身體
就不再寂寞，也不再孤獨
她閉上眼，成為靜謐的大地
像是這樣就不用再面對恐懼
等待變成更深的土壤
成為乾枯的河床等待雨水
等待自己成為更好的人

我想你並不特別愛誰

給動物，雖然我也吃肉。

二〇一五年十月七日

有時候不得不承認
自己是個殘忍的人
養了隻貓，或一隻狗
就覺得自己特別善良
以為自己像水
或者就是水
特別地友愛他人及善待他物
特別地並不特別

午後你和貓一同坐在窗邊
盯著外頭的風景
陰影蓋住你的身體
以為雨就要下了
起身將窗簾拉上
像是這樣雨就永遠不會落下
貓對著窗外不停叫著
像是有一些什麼
正在發生而你刻意不看

你知道遠方有些什麼
戰爭之類，死亡之類
但那些太遠
不像雨那樣貼著你
讓你感覺到冷
你知道自己擁有什麼
寂寞之類，痛苦之類

但那些又太近
你想像可愛是一種資本
靈魂是貨幣，但肉體也是
有些人因此被愛
有些人因此被宰
而有些人正為了貨幣
販售他人的可愛
或者告訴他人
閉上眼都是一樣的

有時候不得不回到
最初的問題，承認自己
擁有冷酷的學說
譬如吃與不吃，愛與不愛
或者回到叢林的傳統

我們是擁有這麼恆長且不朽的
那麼令人髮指卻又遵從的
傷害他人卻又成為他人的
那些殘忍的儀式
承認他人造成自己的死去
自己又造成他人的滅亡

我們是快樂的食人族
吃吃雞鴨牛豬權當吃素
養了一隻貓，或者一隻狗
以為自己特別有愛
特別善良，就像是水
我們都只是將下未下的雨
並不特別愛誰
並不特別避開誰而落下

我想是這樣的

「原諒我也是隻剛學會飛的雛鳥。」
——《鯨騎士》

我想是這樣的
死亡是這樣的
沉默也是這樣的
所有的傳統都必然指向
黃昏與黑夜的交界處
而我們只學會語言
語言之外的仍在遠處
用自己的方式航行
我們什麼都有，卻也
什麼都沒有。
像是沒有痛苦

沒有那些必然的傷害
戰亂，甚至是死亡

我不知道死亡
像是不知道自己
之外還有他人存在
所以我想是這樣的
快樂是這樣的
世界也必然是這樣的
我們製造然後毀滅
不斷地重複快樂

二〇一五年十月二十七日

不斷地製造自己的快樂
為所有事物都找到藉口
為所有犧牲都找到價值

我想是這樣的
我只是保持緘默
將語言作為一個暗袋
縫在生活的背面
太多事情我們無法決定
我們站在岸邊，看同一片海
對死亡感到恐懼
然而我不知道什麼是死
不知道誰的死是有價值的
誰活著又是不死的

如果你問我在這片海
萬物被孕育的可能
我想是這樣的，關於謊言
我們知道的太多太多
甚至只知道謊言
但相信的就是真實
所以我相信快樂，也相信痛苦
相信沒有誰能一直在岸邊
卻也相信沒有誰
會一直在海中沉默
飄蕩如一尾死去的鯨魚

鎮痛

二〇一五年四月六日

0.

如是我聞
那時你在遠方行吟
我是虔誠的信徒
你在遠方
仍沉痛
仍有惡夢
仍哀傷地沉入水中嗎

0.5.

我在這裡
無有出期

你在哪裡
……
你在哪裡

1.

有人記得自己
沉在水裡
有人知道自己
睡在雨裡
將柔軟的誰
放在心上
久了變得堅強
堅強久了
就變得脆弱

有人將越磨越薄的自己
躺在磨刀石上
越來越薄
光能穿透他的靈魂
怕自己經不起夢的折磨
一下就破
越來越短的自己
一天睡在水裡
一天睡在火裡

2.

我知道我逐漸老去
朝著腐朽又更近了一些
思想宛如蜜
流出一些我便吃掉一些
我是世界的孩子
我是荒蕪的野子

每天每天我都老去
每天每天
我都死去

2.5.

我的荒蕪
在誰的眼裡
都不值一提
所有人都各有一塊田
各有各的枯黃

3.

你年輕的王
低下高貴的頭顱
你的星系旋繞在一旁

而你只是想死
死得不能再死
死得天地崩滅
死得再也沒有
再也沒有復活的一日

4.

黑夜在我的身體裡
你在我的黑夜裡
凝視我
試圖做出真實的陳述
才知道沒有真實

5.

覺得將睡
時而將醒
在同一間屋子裡
數著類似的哀傷
那樣使我們愉悅
安靜、沉默
像一隻酣睡的獸
學習如何進入靜謐的夢

6.

我知一切物
知其所有
知其所沒有
我不知一切
不知其然其所以然
不知哀傷
不知憂患
知其所以傷
不知其因此痛
知其所以死
不知其所以愉悅
所以笑著流淚

7.

於是痛不能止
不能睡
不能醒
生死被安放在
蜂巢的節點
河邊的蘆葦低下身子
試著看清我們模糊的樣子

8.

一時佛在祇樹給孤獨園
他也有他的孤獨嗎
那我也可以有我的嗎
我有長年哀傷的標本
多年生草本，柔軟
且多刺，多有浪漫的傷亡

9.

心如何似止水
如何靜
如何祛除魔障
如何安放我的不安
如何死
如何活

如何不談論自身
像個活人
像個死人
可能性凡幾

10.

魔障呵魔障
有人心懷光明
見世間處處安穩
現世靜好
也許是我心有魔障
恨不得現世傾頽
見不著何處安穩

10.5.

人是音符
每日我都聽到
虛幻的音樂
流進我的身體
色相進入我
一再提醒我
那些碩大的合奏
皆是虛妄

註

祇樹給孤獨園為佛陀弘法的一個重要道場，給孤獨為一長者，原文意並非實指孤獨之意，此處為化用。

11.

你渴望住在火裡
向風獲取消息
在陰影裡清醒
在水裡恐懼
你醒著
恨不得睡
齒縫流出音樂
記憶流向時間
你睡著
恨不得醒
記得自己害怕
其實是渴望
你是恨的
其實是愛的
你是活著的
你不如死了

12.

想像你正在老去
像靠近一個星系
靠得越近
時間便越相近
我正無比靠近你
無比地接近
你永恆的美麗

13.

告訴我
關於你
線性的音樂

我一直讓自己忙碌
填滿自己
能填滿的縫隙
告訴我
在生活之外
你擁有什麼

14.

我將每一個字拆開
拼回去便得到不同的字
例如愛
最後變成授
於是我為你加冕
你替我活在未來

15.

我再也不在意
關於你的死、
我浪漫的逃亡
過往的生活如蟻穴
我在穴口放了蜜
溫熱的奶與酒
以及各種可能的傷亡

16.

午後我們都坐在屋裡
排列著初學的字母
一切依萬物的規律

行走、坐臥，甚至
喚醒我們最後的雨季

我們在同一間屋子裡
度過同樣的時間
風從窗的縫隙吹過
窗外的草木
都帶有相同的憂鬱
與相同的閃電

17.

我離開宇宙
你仍離我遙遠
我是一把磨損的刀子
你是我薄薄的磨刀石
我在遠方流血

你為我止痛
我是你疼痛的祭品
你是我虛妄的閃電
我是你的現實
你是我的夢境
我大悲無言
你大音希聲
我大悲
你大罵我靠悲

17,5.

我們共有的哀傷
原有的秩序
都不復存在
生活中我們各有秘密
過多的

過少的
過於剛好的
都不適合彼此
成為彼此的心魔

18.

如是我聞
一時你在遠方
與我形成對角
我以為星系間為此共鳴
每一道閃電
都連接彼此
如是我聞
你在他方為我説法
我在此處為你
靜寂地停駐
我以為我睡了
但我其實是醒的
我的哀傷
我的雜質
都幽微地亮著
你在他處
為此處的我停駐
我是你的幻境
你默默地縫補我
為我療傷
萬物自然生長
你我同睡、同醒
只剩呼吸
與最細微的蟲子
同生共死

鎮痛

宋尚緯

編輯・許睿珊　發行人・林聖修　美術設計・空白地區　彭星凱

出版・啟明出版事業股份有限公司
地址・新竹市民族路二十七號五樓
電話・（〇三）五二二二四六三　傳真・（〇三）五二二二六三四
網站・http://www.cmp.tw　電子郵件・sh@cmp.tw
法律顧問・北辰著作權事務所　印刷・煒揚印刷企業有限公司

總經銷・紅螞蟻圖書有限公司
地址・臺北市內湖區舊宗路二段一百二十一巷十九號
電話・（〇二）二七九五三六五六　傳真・（〇二）二七九五四一〇〇

定價・三八〇元　中華民國一〇五年三月一日　初版
國際標準書號・九七八-九八六-八八五六〇-六-六

國家圖書館出版品預行編目資料

鎮痛／宋尚緯著 — 初版 — 新竹市：啟明：民105.03　面；　公分
ISBN 978-986-88560-6-6（平裝）

851.486　105001176